KB262750

폴앤니나 산문집

# 서점을 그리다

한국의 일러스트레이터들이 사랑한 동네 서점 이야기

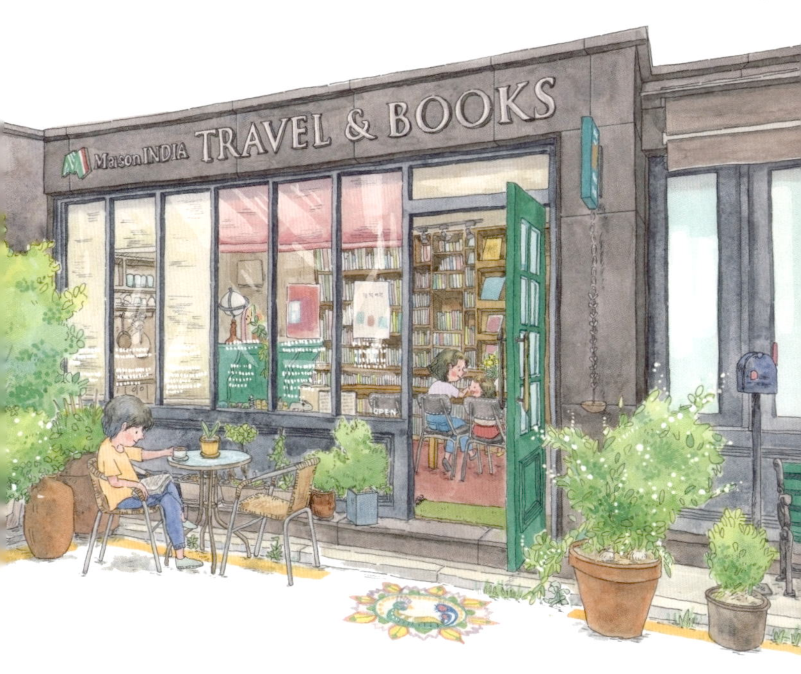


폴앤니나

미국 중부에는 아이오와라는 작은 도시가 있습니다. 아이오와대학교를 제외하곤 아무리 둘러보아도 3층 이상 가는 건물이 없을 정도로 조그맣고 조용한 도시입니다. 아,《메디슨 카운티의 다리》라는 영화는 잘 아시죠? 바로 그 메디슨 카운티의 다리가 있는 곳이 아이오와랍니다.

아이오와는 조금 독특한 곳입니다. 매년 세계 각국의 작가들을 초청하는 레지던스를 열거든요. 1967년부터 시작된 국제 창작 프로그램(IWP)인데, 30여 개국에서 참여한 작가들은 여름부터 늦가을까지 아이오와 시내를 어슬렁어슬렁 돌아다니며 아무 카페에나 들어가 작업을 하거나 골목을 산책합니다. 아이오와대학교 근처 쉠버하우스라는 작은 목조 주택에서는 매주 금요일 다섯 시가 되면 그 작가들의 낭독회가 열려요. 딱히 홍보를 하는 것도 아니고, 그저 포스터 한 장 달랑 붙여둘

뿐이지만 동네 사람들은 습관처럼 찾아옵니다. 1967년부터 늘 그래왔으니까요. 흔들 그네가 있는 쉠버하우스 마당에 작은 테이블을 놓고, 커피와 차, 그리고 베이글을 둡니다. 사람들은 베이글을 입에 물고 뜨거운 커피잔을 조심조심 들고선 자리를 찾아 앉습니다. 그러고는 어느 나라에선가 온 낯선 작가의 낭독을 듣습니다.

쉠버하우스뿐 아니에요. 아이오와 시내엔 골목마다 서점이 흔하디흔합니다. 사실 아이오와는 유네스코가 선정한 세계 문학의 도시입니다. 이름답게 골목마다 서점 없는 곳이 없습니다. 그 서점들에서도 낭독회가 열려요. 일요일은 어느 서점, 월요일은 어느 서점 하는 식으로요.


오랜 전통을 가진 국제 창작 프로그램(IWP)이다 보니 참여 작가 중 노벨문학상 수상자도 여럿 나왔습니다. 우리가 잘 아는 오르한 파묵도, 한국의 소설가 한강도 IWP를 거쳐 갔어요. 그래서 아이오와 시민들은 오르한 파묵도, 한강도 망설임 없이 '아이오와 출신'이라 이야기합니다.

제가 그곳에 초대받아 갔을 때, 사실 저는 조금 지루

했습니다. 이 작은 도시에서 대체 무얼 해야 할지 처음엔 잘 몰랐거든요. 하지만 골목 서점들을 구경하다 보면 동네 할머니들이 말을 걸어요. "너, 한국에서 온 작가 맞지?" 화들짝 놀라 쳐다보면, "지난주에 네 낭독회 때 갔더랬어. 네 소설 재밌더라?" 이런 이야기들을 무람없이 건네는 거예요. 저로서는 정말 대단한 경험이었어요. 이 서점, 저 서점을 돌며 하도 낭독회를 하다 보니 어지간한 서점 직원들과도 다 친구 먹을 지경이더라니까요.

한국에 돌아와서 한참을 생각했습니다. 아, 나도 서점 낼까 봐. 작고 고요한 골목에 서점 하나 내고 낭독회나 하면서 인생을 행복하게 탕진해 볼까. 그런 생각을 하다가 혼자 푸푸 웃기도 했습니다. 이후로도 서점을 여는 일은 저에게 다정하고 아련한 꿈으로 남았습니다.

슬프지만 아직 서점을 내진 못했습니다. 세상에서 제일 돈을 못 번다는 소설가가 된 데다, 두 번째로 돈을 못 번다는 출판사 대표까지 되고 말았거든요. 여기다 서점까지 연다면…… 그건 제 인생에 정말 못 할 짓이잖아요, 안 그런가요?

대신 이렇게 서점을 그리는 책을 만들었습니다. 아이오와만큼은 아니지만 한국에도 골목골목 서점이 많습니다. 그것도 아주 따뜻하고 보들보들한 서점들이오. 소란하지 않은 낭독회를 열고, 가만가만 책을 파는 예쁜 서점들은 이렇게나 많았습니다. 꼭 그림으로 남기고 싶었습니다. 그래서 일러스트레이터 스무 분께 청했습니다. 가장 사랑하는 서점 한 곳씩을 골라 그림과 산문으로 남겨달라고요. 그렇게 이 한 권의 책이 나왔어요.

그림을 보고, 산문을 읽는 것만으로도 독자님에게 휴식이 되었으면 합니다. 책 속 서점에 직접 가보신다면 더욱 좋겠습니다. 그땐 이 책을 꼭 가방에 넣어 주세요. 한들한들 독자님 따라가면 이 책도 기분 좋아하지 않을까요? 수많은 책 중 이 책을 집어 들었을 독자님에게, 스무 분의 작가들을 대신해 감사 인사 전합니다.

양재동 작업실에서
《서점을 그리다》편집자 김서령

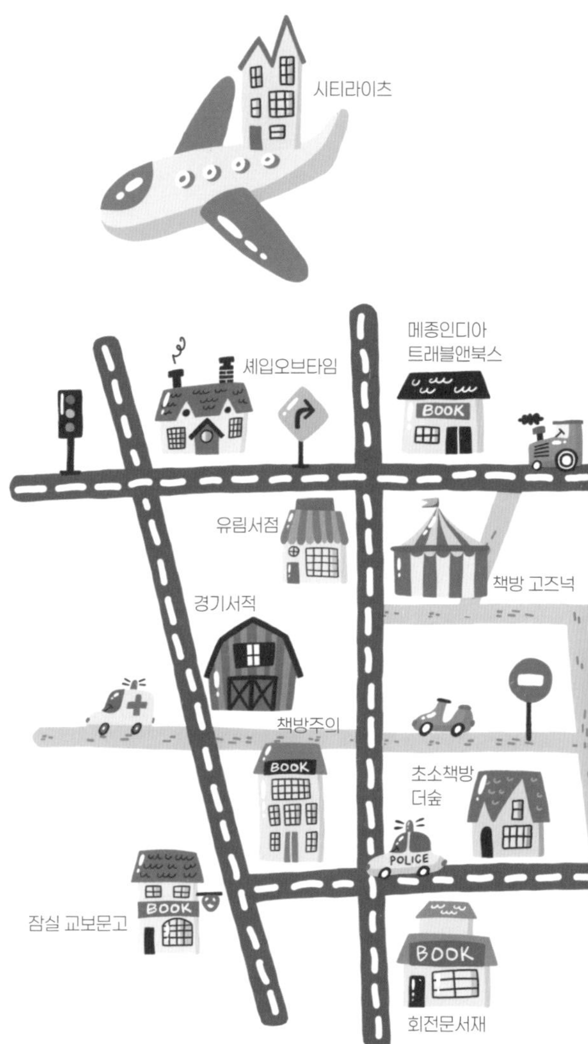

시티라이츠
메종인디아
트래블앤북스
BOOK
셰입오브타임
유림서점
책방 고즈넉
경기서적
책방주의
BOOK
초소책방
더숲
POLICE
BOOK
잠실 교보문고
BOOK
회전문서재

나만의 서점 지도를 만들어 주세요

서점에 들른다면, 서점 이름 옆에 스탬프를 남겨 주세요.

나만의 소중한 서점 여행 기록이 될 거예요.

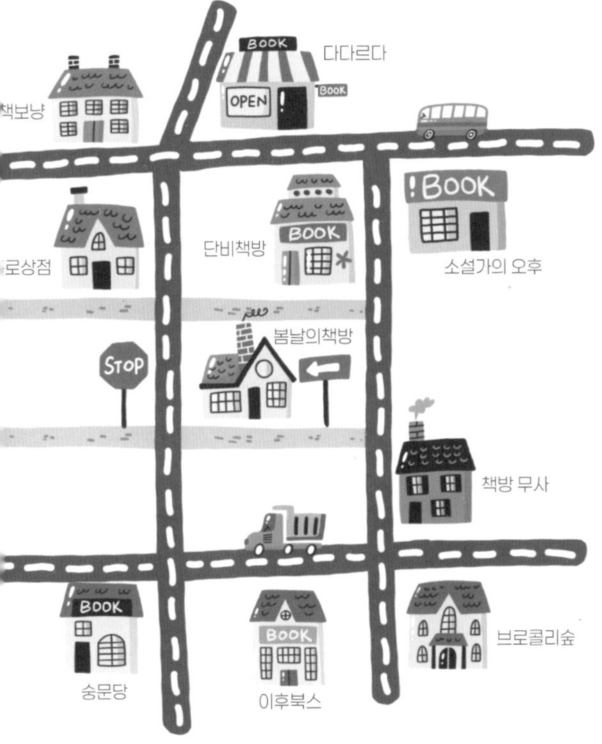

# 차례

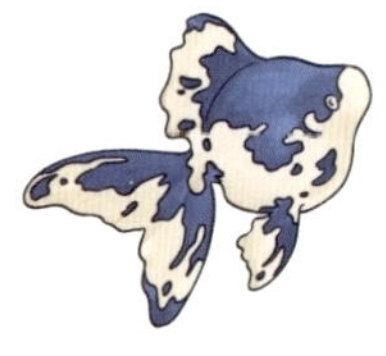

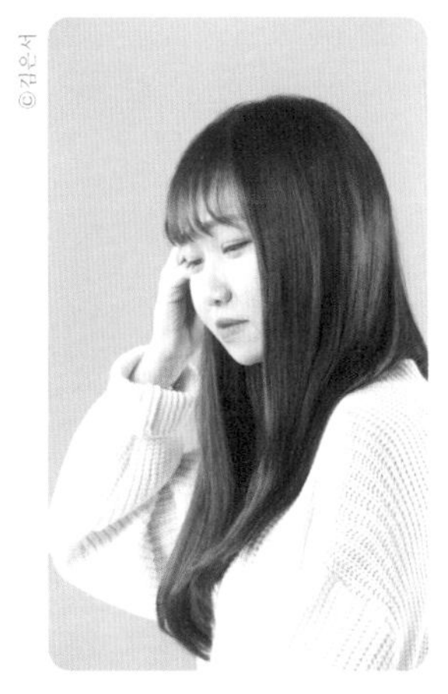


단국대학교 커뮤니케이션디자인학과를 졸업 후 일러스트레이터와 강사로 활동하고 있다. 《꿈을 파는 몽상점》의 대표로 해마다 서울 일러스트레이션 페어에 참여한다. 소품 샵과 대형 문구 플랫폼에서 굿즈를 판매하며, 일상과 기억, 감정의 파편을 그림으로 담아내는 작업을 한다.

# 시간의 모양을 읽는 서점



《카페 모호》 지하에 있는 작은 서점 《세입오브타임》에 처음 들어섰을 때, 나는 그 이름에 먼저 마음이 끌렸다. '시간의 모양'이라니. 나에게 책은 언제나 시간을 쌓아 올리는 존재였다.

좁은 계단을 내려가 문을 열자, 코끝을 간질이는 종이 냄새가 나를 반겼다. 나는 책장 사이를 천천히 걷고, 책 한 장 한 장을 넘기며 그 향에 깊숙이 빠져들었다. 문득 오래된 기억이 떠올랐다. 아버지의 문구점에서 맡던 종이 냄새였다.

어릴 적 아버지의 문구점은 좋으면서도 늘 조심스러운 공간이었다. 크게 웃지도 못하고, 물건을 함부로 만지지도 못한 채 얌전히 있어야 했지만, 그 속에서 마음

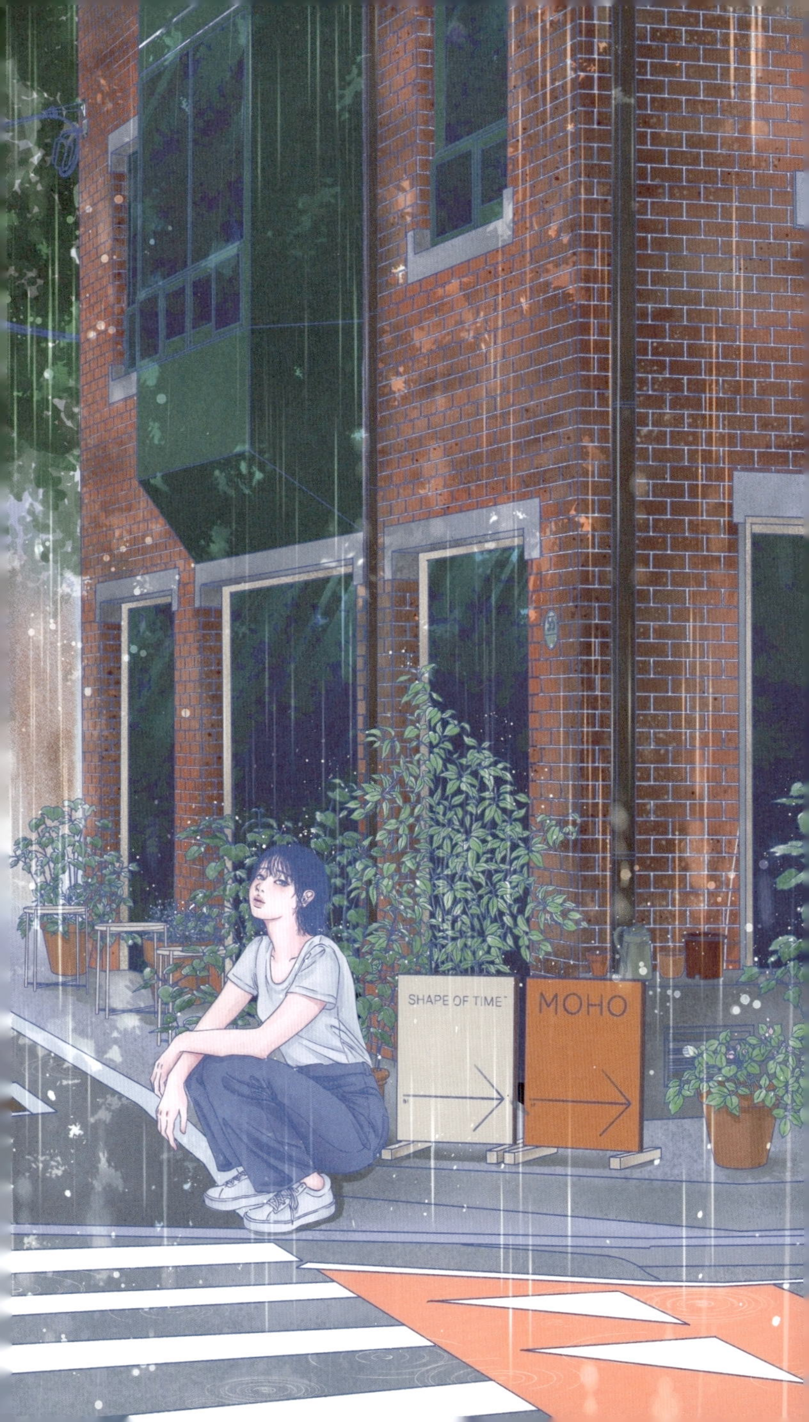
SHAPE OF TIME
MOHO

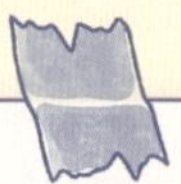

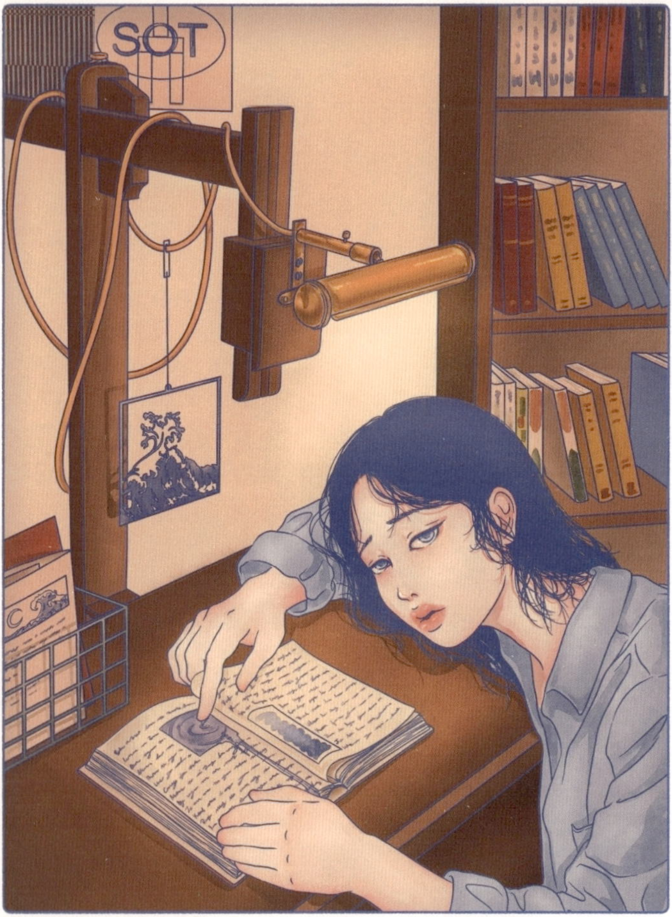

_ Shape Of Time _

껏 들이마실 수 있었던 것이 딱 하나 있었다. 종이 냄새, 잉크 냄새, 새 제품 특유의 향기. 집으로 돌아온 아버지에게서도 은은히 풍기던 익숙한 냄새였다.

그래서였을까, 책이 빼곡하게 가득 찬 집의 책장을 참 좋아했다. 집에 돌아와 책을 펼칠 때마다 그 냄새가 다시 살아나는 것 같았다. 햇살이 따뜻하게 내리쬐는 오후면, 나는 바닥에 드러누워 책을 읽었다. 뒹굴거리는 시간에 가까웠지만, 아무도 뭐라고 하지 않았다. "그래도 책은 읽잖아." 라며 칭찬도 들었다. 책으로 시간을 보내는 일은 어른들이 보기에도 꽤 근사한 일이었으니까.

책을 읽는다는 건 내 안에 있는 무언가를 움직이는 일이었다. 단지 글자를 눈으로 따라가는 것이 아니라 어떤 냄새를, 어떤 기억을 함께 떠올리는 일. 책 속 장면보다도 책을 읽던 나와 내 주변이 먼저 떠올랐다. 내 체온으로 미지근하게 데워지던 마룻바닥, 저만치서 들리던 텔레비전 소리, 과자 씹던 소리, 살짝 열어놓은 창틈으로 들어온 살랑거리는 바람까지.

혼자 유학을 떠났을 때에도 책은 나에게 큰 위로였다. 언어도, 향기도, 사람도, 모든 것이 낯설었지만 책 냄새는 어디나 똑같았다. 다른 언어와 환경 속에서도 익숙한 종이와 잉크 냄새. 그런 향을 맡으면 덜 외로웠다. 책은 언제나 나를 지켜주었다. 언어가 통하지 않아 말 대신 표정을 읽던 날에도, 혼자 식사를 마치고 방 안에 앉아있던 밤에도 책은 항상 나를 기다리고 있었고, 그 속엔 어떤 나라보다 더 낯익은 나의 세계가 있었다.

나이가 들어 책 한 권을 가볍게 살 수 있는 나이가 되면서부터는 서점에 드나드는 시간이 많아졌다. 책을 사는 기쁨도 있지만, 무엇보다 서점이라는 공간 속 '공기'를 좋아한다. 종이 냄새와 적당한 온도, 조용한 음악과 사람들의 느릿한 움직임들. 그래서 이번에《셰입오브타임》을 찾았을 때, 그 서점이 내게 주는 감각은 더 특별했다. 사장님의 섬세한 취향이 녹아든 책들 사이를 걷고, 종이 냄새를 맡으며 나는 다시 나의 시간을 꺼내 읽는 기분이었다.

그 감정을 담아《셰입오브타임》의 풍경을 그렸다. 내가 본 것은 단지 책과 가구가 아니라 그 안에 담긴 시간의 결, 종이 냄새가 불러오는 기억들, 그리고 서점이라

는 공간이 품고 있는 조용한 흐름이었다. 책장을 넘기
듯 바라보는 풍경 속에서 나의 시간과 감정도 함께 스
며들기를 바랐다.

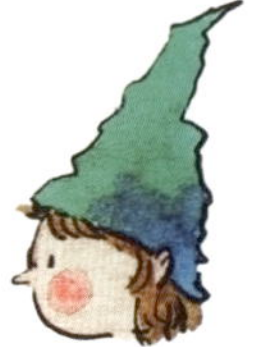

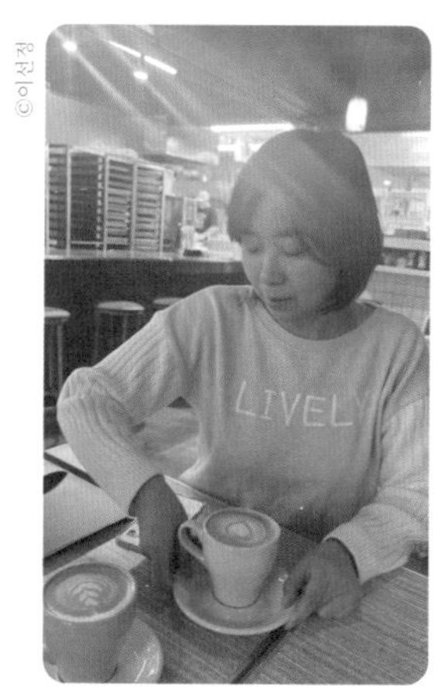


대학에서 서양미술을 전공하고, 대학원에서 미술사를 공부했다. 금방 지나가버리는 아이들의 시간을 기록하고자 다시 그림을 그리기 시작했다. 일러스트레이터로서 따뜻한 관심과 눈으로 세상을 관찰하며 즐겁게 글을 쓰고 그림을 그리고 있다.

# 여행, 그리고 서점



어렸을 때 동화책 《소공녀》를 읽으며 상상했던 인도가 있다. 반짝이고, 화려하고, 흥이 넘치는 인도. 소공녀 세라에게 행복한 기억과 슬픈 기억을 동시에 주고, 또 세라의 이야기 속 상상력의 바탕이 되어 준 나라. 어렸을 때의 나로 돌아가 인도의 이미지를 색으로 표현한다면 아마도 비비드 계열의 쨍한 색이 될 것이다.

그런 생각을 한 건 동네를 산책하며 우연히 만난 《메종인디아 트래블앤북스》라는 서점 때문이었다. 이름에 인도가 들어간, 쨍한 초록색 문이 달린 이 서점을 처음 만난 건 몇 해 전, 오랜만에 만난 햇빛에 기분이 좋아 발걸음이 닿는 대로 걷던 날이었다.

카페에 들러 커피도 사고, 마트에 들러 가볍게 장을

보며 그렇게 방배동 골목을 걸었다. 방배동은 조용해서 산책하기 좋다. 작은 공원을 따라 걷다 막다른 골목에서 초록색 문을 단 《메종인디아 트래블앤북스》와 처음 만났다. 내 기억 속 《소공녀》와 더불어 진한 푸른색 간판이 인상적이었던 영국의 《노팅힐 북샵》이 떠올라 마치 유럽 어느 골목에 온 듯한 느낌이었다. 여행에 대한 열망이 오롯했던 그때, 간판에 쓰인 '여행'과 '책'이라는 글자만으로도 마음이 설레었다. 저긴 꼭 가봐야 해!

지친 마음에 환기가 필요했던 순간 만난 이국적 외관의 《메종인디아 트래블앤북스》를 나는 첫눈에 좋아하게 되었다. '인도의 집'이라는 메종인디아의 뜻에 걸맞게 이곳은 인도의 다양한 면모를 볼 수 있는 공간이다. 문 앞 바닥에는 방문자를 반겨주는 공작새 한 마리가 그려져 있다. 인도의 국조인 공작을 그린 '랑골리(쌀가루에 색을 입혀 만드는 인도 전통 미술)'라고 하는데 '오시는 분들을 환영하고 축복한다', '손님은 곧 신과 같다'라는 의미가 있다고 한다. 《메종인디아 트래블앤북스》가 모든 방문객에게 전하는 환영 인사다. 이보다 이 서점에 걸맞은 환영 인사가 또 있을까.

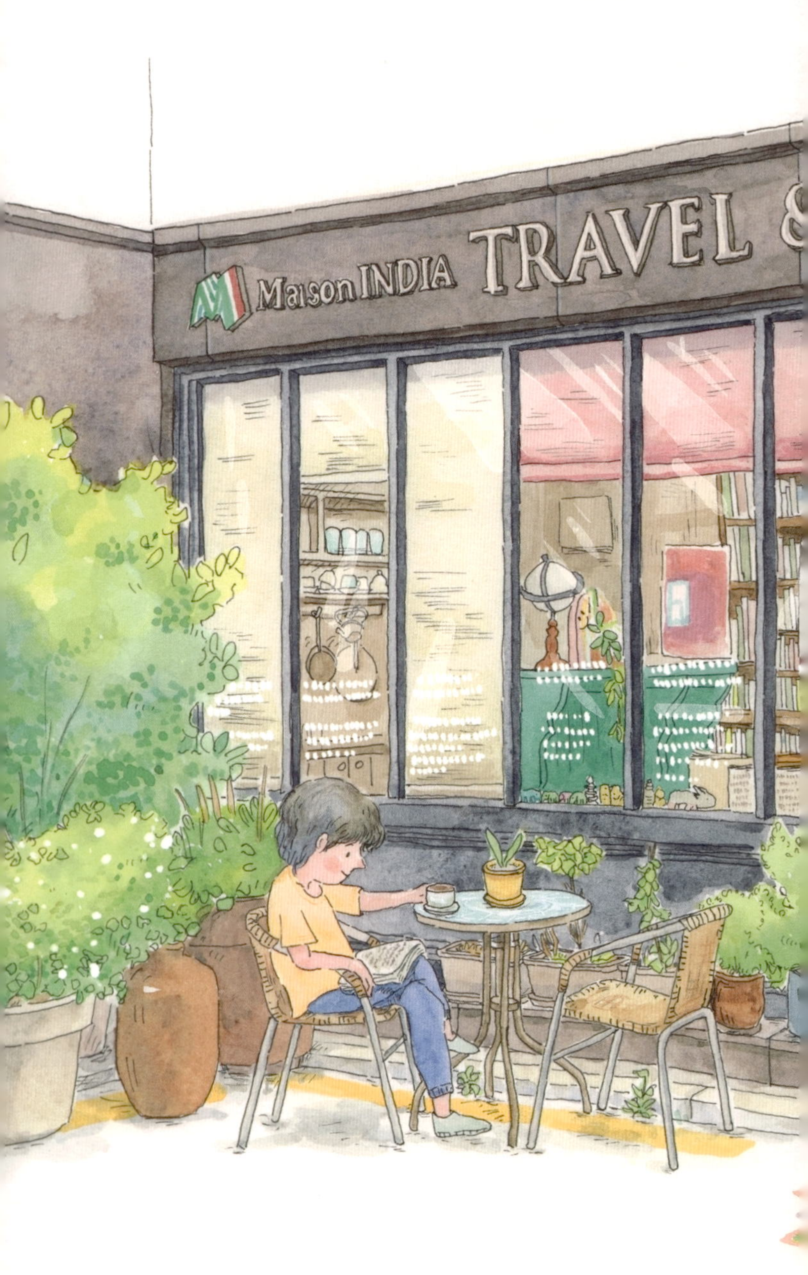

Maison INDIA TRAVEL &

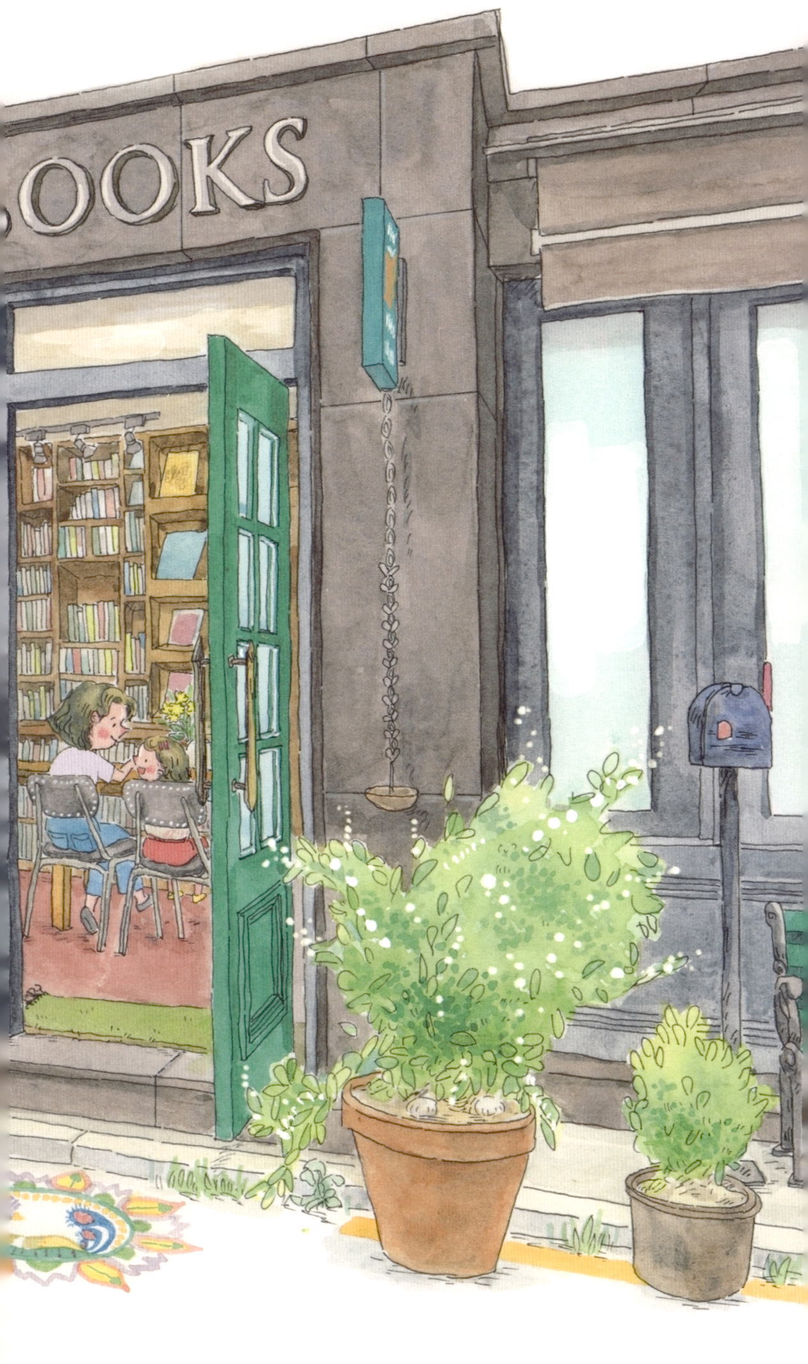

OOKS

내부는 더 신비로워서, 상상의 나래를 펼칠 수 있는 마법의 공간에라도 들어선 느낌이었다. 마치《소공녀》에 등장하는 인도인 람 다스를 떠올리게 된달까. 한밤 중 세라의 방에 인기척도 없이 들어와 따뜻한 음식을 차려 놓고, 난방을 켠 다음 예쁜 가구와 장식품, 부드러운 담요 등을 준비하는 람 다스처럼 이곳은 어느 날 갑자기 내 앞에 나타나, 나를 잠시나마 지금과 다른 곳으로 안내했다. 동양풍의 이국적 매력이 흐르는 내부는 앤티크 가구와 더불어 인도의 신 가네샤, 비슈누를 표현한 소품들과 패브릭으로 장식했고, 이 모든 것이 나를 다른 세계로 안내하는 역할을 톡톡히 했다.

《메종인디아 트래블앤북스》에서 가장 좋아하는 공간이 있다. 문을 들어서자마자 만나는 오른편 구석진 공간이다. 안온한 구석에 자리 잡은 작은 소파와 옛 여행가방을 모티브로 제작한 테이블은 이 서점을 말해주는 키워드다. '너는 여기서 책과 함께 여행을 떠날 수 있어. 책과 함께라면 너는 어디든 갈 수 있을 거야.' 그 분위기에 이끌려 나는 작은 소파에 오래 앉아있곤 했다.

서가에는 인도 철학, 역사, 문화, 예술 관련 인문학 서

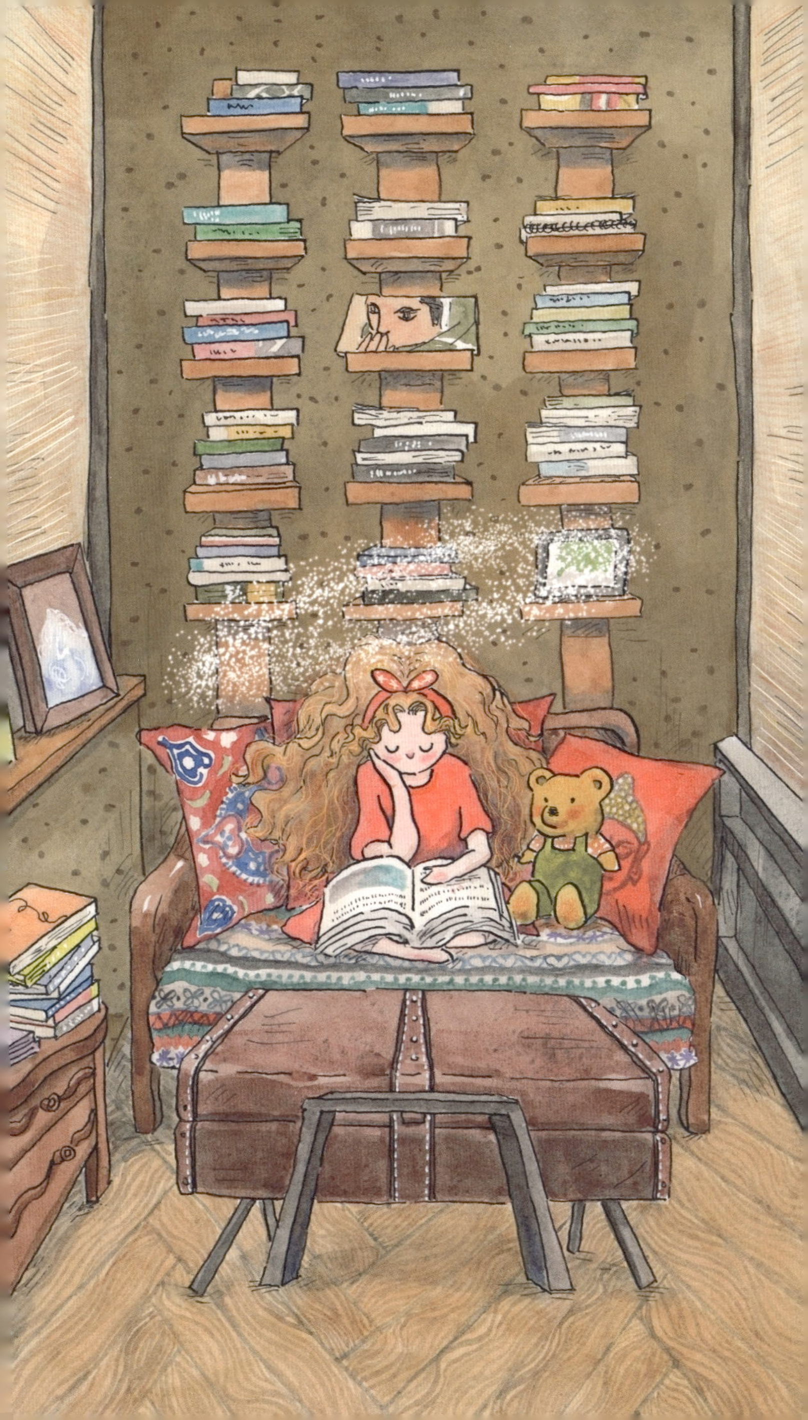

적과 여행, 문학, 아트북 등을 큐레이션 해두었다. 특히 주목할 만한 것은 서가 한편에 자리 잡은 타라북스의 아트북들이다. 수작업으로 책을 제작하는 타라북스의 책은 인도의 전통 미술과 현대 미술을 버무려 새로운 예술 방식을 보여준다. 수준 높은 종이 질과 화려하지만 단아한 색감, 다양한 시도로 만든 책의 구성 방식은 보는 사람의 눈을 즐겁게 할 뿐만 아니라 예술을 접목한 책에 관한 생각의 폭을 넓힌다. 수작업으로 책을 만들다 보니 일 년에 열 권에서 스무 권 정도만을 출판한다고 하는데, 《메종인디아 트래블앤북스》에서 타라북스의 책을 발견하니 마치 보물을 찾은 기분이었다. 타라북스의 컬렉션은 책과 그림을 좋아하고, 그림을 그리는 내가 이곳을 더 좋아하게 된 이유이기도 하다.

그 외 서가에는 인도 관련 서적뿐만 아니라 다양한 인문학 서적과 그림책, 여행서가 있다. 게다가 《메종인디아 트래블앤북스》에서는 고전 인문학 읽기, 미술 강좌, 필사 여행, 동네 책방 음악회 등 문화 예술 프로그램을 열어 색다른 경험을 소개한다.


막다른 골목에서 만난 어린 왕자의 계단 옆에 자리

잡은 작은 독립서점이면서도 여행사이기도 한, 그리고 출판사이기도 한 곳. 햇빛을 받아 반짝이는 테이블과 우체통, 산뜻한 초록색 문과 벤치, 그리고 랑골리가 사람들을 반기는 곳. 이름에서 알 수 있듯 이 서점의 방향성은 명확하다. 인도, 여행, 그리고 책. 도심에서 인도 문화를 편안하게 느낄 수 있는 곳. 여행이 주는 설렘과 인문학적 지식이 가득한 곳. 여행과 책을 통해 세계 문화를 직접 혹은 간접으로 경험할 수 있는 곳. 그곳이 바로《메종인디아 트래블앤북스》다.

메종인디아 트래블앤북스 가는 길

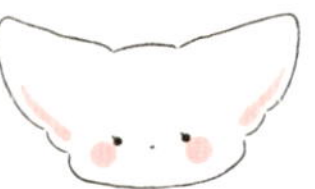

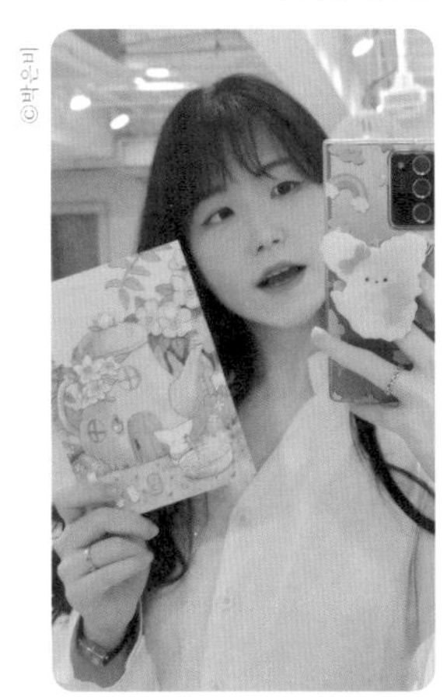



아기 사막여우 '소금이'와 선인장 인형 '소소', 고구마 두더지 '뚜'의 이야기를 그리는 캐릭터 일러스트레이터. 《사막여우 소금이의 따스한 사계절 컬러링북》과 《신비한 여행 컬러링북》을 출간했으며, 디즈니와 삼성 등 다양한 브랜드와 협업했다. 와디즈에서 진행한 색연필 브러시 펀딩은 누적 1만 퍼센트 이상을 달성하며 큰 사랑을 받았다.

# 책보냥에서 만난 찰나

서울_책보냥

책방은 늘 문이 열려 있는 마음 같다. 누군가의 오랜 시간과 취향이 고스란히 담긴 공간을 걷다 보면 나도 모르게 마음이 포근해진다. 성북동 작은 골목에 자리한 《책보냥》도 그랬다. 예쁘게 꾸미려 한 흔적보다는, 좋아하는 물건들을 하나둘 놓다 보니 자연스레 만들어진 공간 같았다. 따뜻하고, 조용하고, 손길이 닿은 자리마다 작은 애정이 드러났다. 겉보기엔 아기자기하게 꾸며진 책방이지만, 어딘가 무심한 듯 놓인 소품들에 마음이 놓였다. '예쁘게 보이기 위한 공간'이 아니라 '좋아하는 걸 하나씩 놓다 보니 자연스럽게 예뻐진 공간'. 그 차이가 컸다.

나는 소금 사막에서 온 아기 사막여우 '소금이'와 선인장 친구 '소소', 그리고 크리스마스에 고구마밭에서

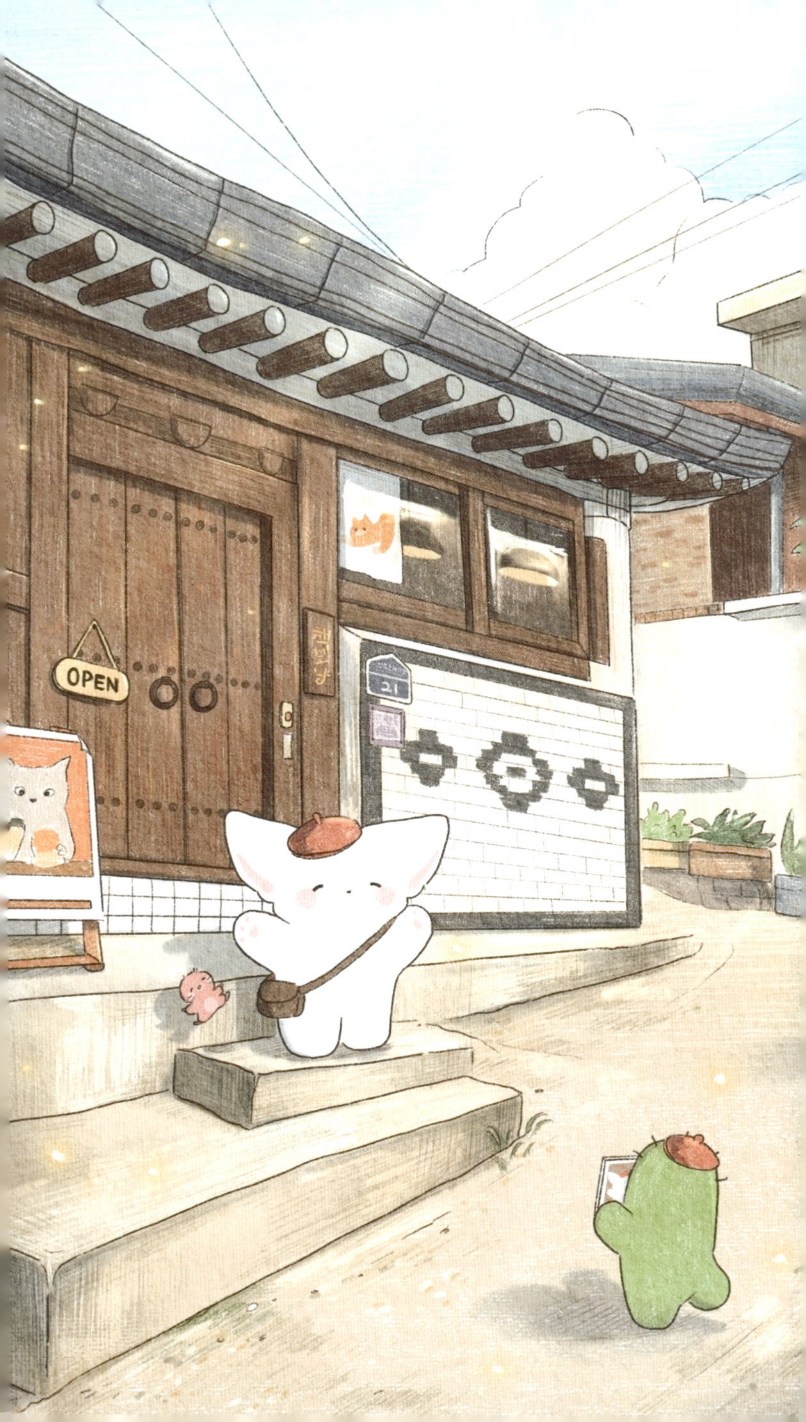

OPEN
21

태어난 두더지 '뚜'의 이야기와 그림을 만든다. 내가 그림에 담고자 하는 이야기는, 잊고 있었지만 사실은 행복했던, 그런 작은 찰나다. 행복은 거창한 순간에만 있는 게 아니라 소소한 일상 속에서도 충분히 느낄 수 있다고 생각한다. 그런 마음을 그림으로 담는 걸 좋아한다.《책보냥》은 그런 소금이의 세계와 많이 닮았다.

《책보냥》의 문을 열자, 고양이 한 마리가 조용히 다가와 나를 바라봤다. 낯설지 않은 눈빛으로, 마치 이 공간의 주인처럼 천천히 움직이며 나를 반겨주는 듯했다. 내가 방문한 날에는 마당 위로 빗물과 함께 햇살이 깔려 있었고, 그 촉촉한 햇살 속으로 고양이의 그림자가 느리게 스며들었다. 천장이 뚫린 마당에서 하늘을 올려다보고, 이어지는 작은 마당을 지나 안쪽 공간을 따라 걷는 일이 마치 짧은 산책처럼 느껴졌다. 내가 좋아하는 것들이 겹겹이 쌓인 기분이었다.

《책보냥》에는 두 마리의 고양이가 산다. 하로와 하동이. 하로는 2014년 여름 연남동에서 구조되었고, 하동이는 2016년 봄 연희동에서 입양되어 지금까지 함께해 왔다. 책방 사장님이 이 공간에 책방을 연 것도 고양이

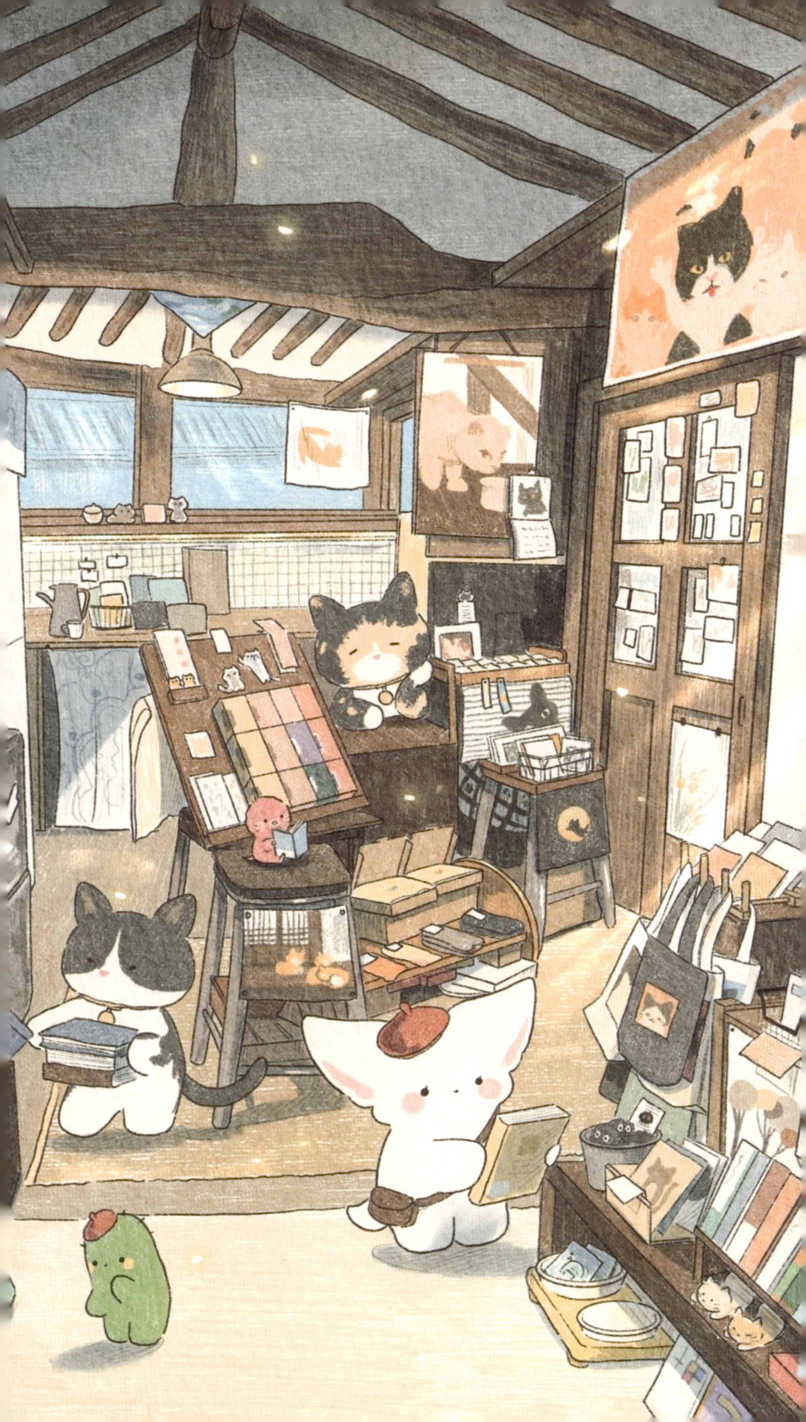

와 책, 그리고 오래된 작업실 풍경이 겹겹이 쌓여 자연스레 그렇게 된 것이었다. 연남동에서 성북동으로 작업실을 옮긴 뒤, 작업실에 놀러 온 작가들과 지인들의 부추김에 2020년 10월의 마지막 날,《책보냥》이 문을 열었단다. '책을 보냐'는 말과 '책보자기를 든 고양이'를 엮은 이름. 그래서 오픈 첫해에는 고양이 그림이 그려진 책보자기에 책을 싸주기도 했다고 한다.

《책보냥》에는 방명록이 있다. 손님들이 남긴 글과 고양이 그림이 벌써 여덟 권째 쌓였다고 한다. "책보냥에 와서 힐링이 되었다", "행복하다", "다음에는 친구와 꼭 함께 오고 싶다", 그런 말 속에 이곳이 사람들에게 어떤 의미로 남았는지를 느낄 수 있었다. 사장님은 그 방명록을 보며 오래오래 이어가고 싶다고 말했는데, 나에게는 그 말이 오래도록 마음에 남았다. 어떤 공간이 오래 남는다는 건 결국, 그 안에 담긴 마음이 오래 살아있다는 뜻일지도 모른다.

《책보냥》에서 가장 좋아하는 순간을 물었을 때, 사장님은 아주 소소한 순간을 짚었다.

"하늘이 보이는 마당에서 구름이 지나가고, 비가 오고, 눈이 내리고, 달을 올려다보는 그 순간들이요."

초승달이 뜨는 날이면 몇몇 고양이 작가님들과 마당에 모여 음식을 나누고, 이야기를 나누고, 그림 작업도 한다고 했다. 그 이야기가 유난히 따뜻하게 느껴졌던 건, 내가 좋아하는 것들도 그와 크게 다르지 않아서였다. 특별할 것 없는 하루 풍경 속에 문득 스며드는 감정들. 내가 사랑하는 건 그런 소소한 일상이고, 내가 믿는 행복도 언제나 그런 순간 속에 있었다. 《책보냥》은 그 마음을 조용히 꺼내어 보여주는 책방이었다.

소금이가 이 책방에 왔다면, 분명 마당 한편에서 조용히 달을 바라보다가 고양이 옆에 살짝 누웠을 것이다. 따스하고 행복한 순간을 기록하고 그림으로 남기고, 조용히 책 읽는 것을 좋아하는 내가 머물기에 아주 완벽하고 편안한 공간. 《책보냥》은 그런 곳이었다.

책보냥 가는 길

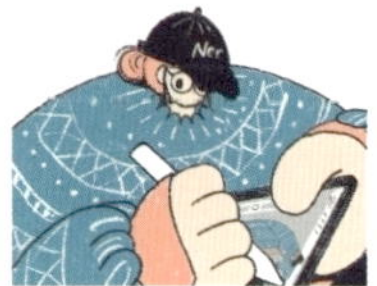

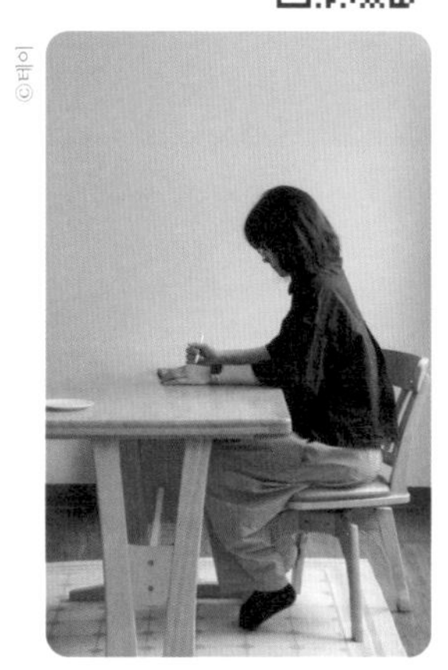


100세까지 그림을 그리며 사는 게 꿈인 일러스트레이터. 섬세한 감성과 스토리텔링을 담아내는 그림으로 식품, 교육, 문화 콘텐츠 전반에 걸쳐 다양한 작업을 진행했다. 그림으로 사람들의 마음을 이어주고, 누군가의 기억에 포근하게 남는 작업을 계속해 나가고 싶다.

# 다름을 안고 함께 자라는 서점

대전_다다르다

대전 원도심 골목 어귀, 간판 하나 없는 건물 옆면 작은 입구로 들어가면 마치 식물의 뿌리를 따라 흙 속을 더듬어 가듯, 서서히 한 세계가 펼쳐진다. 그곳의 이름은 《다다르다》. 이름부터가 목적지가 아닌 여정처럼 들리는 이 서점은 책이라는 매개를 통해 다양성에 대한 질문을 건네는, 조용하지만 확고한 존재다.

《다다르다》라는 이름 안에는 '다르다'와 '틀리다'의 경계에 대한 고민과 '서로에게 다다를 수 있다'는 의미가 담겨 있다. 서점 대표는 "다양성에 대해 이웃에게 질문을 하고, 책으로 다양성을 전하고 싶었다"며 이 공간을 열게 된 계기를 설명한다. 획일화된 사회에 대한 문제의식이 이 공간의 뿌리가 되었고, 그 철학이 지금도 서점 곳곳에 스며들어 있다.

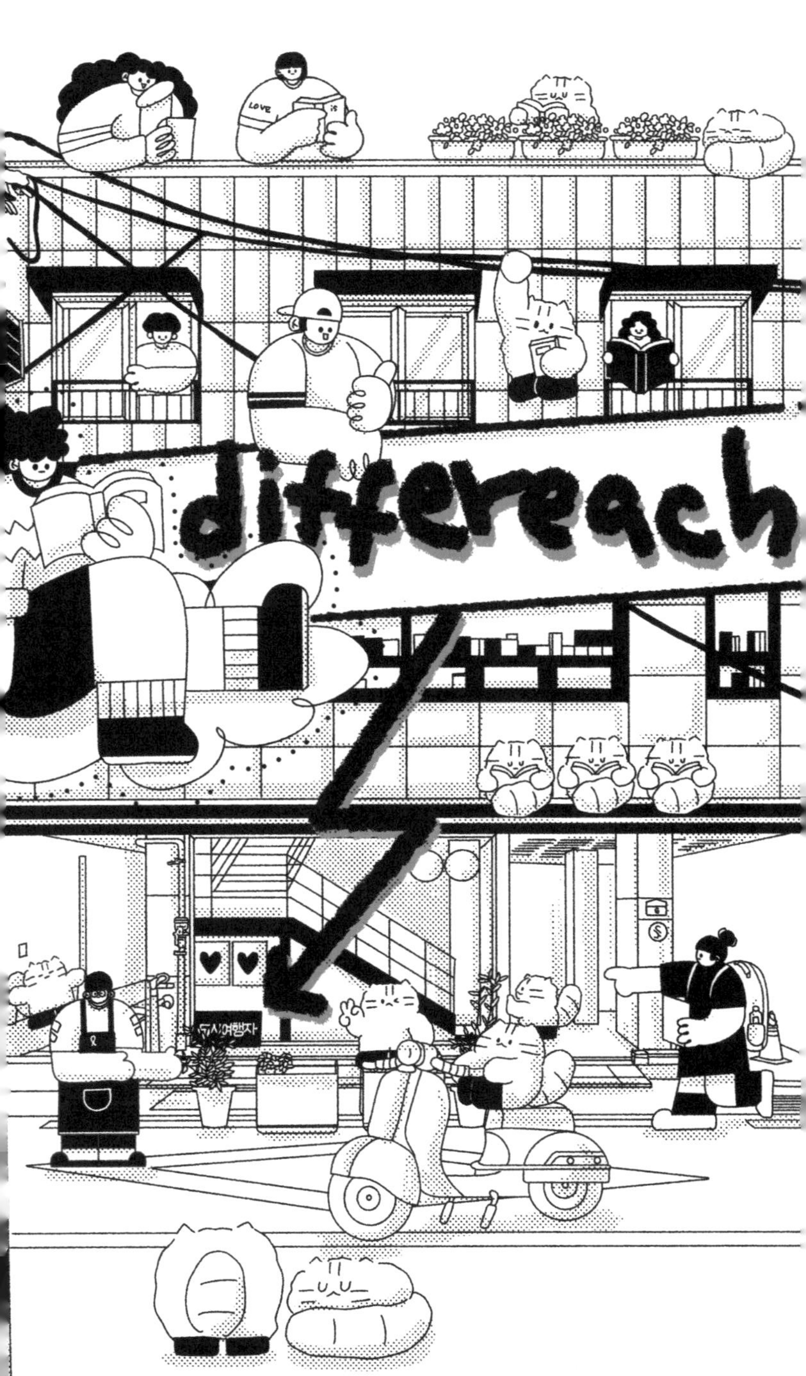
differeach
LOVE

《다다르다》의 공간 설계에는 깊은 배려가 담겨 있다. 간판을 달지 않고 입구를 측면에 배치한 것은 독립서점을 이해하는 사람들이 찾아오기를 바라는 마음에서 나온 선택이었다. 작은 공간이기에 장치를 거쳐서 온 사람들이 서로를 배려하고 공간을 충분히 느낄 수 있도록 한 것이다. 일러스트레이터의 눈으로 보면, 이런 동선 설계야말로 하나의 스토리텔링이다. 방문자는 자연스럽게 이 공간의 리듬에 맞춰 걸음을 늦추고, 시선을 집중하게 된다.

곳곳에 배치된 식물들도 단순한 장식이 아니다. "반려 식물과 맞닿아 있다"는 대표의 표현처럼, 이곳은 함께 가꾸고 자라는 서점을 지향한다. 책은 나무에서 오기 때문에 책이 가득한 나무를 마주할 때의 안정적인 기분을 전하고 싶다는 철학이 공간 전체를 관통한다. 일러스트 작업을 하며 늘 자연의 색감과 질감에서 영감을 얻는 나에게 이런 공간 구성은 무척 인상적이었다. 그리고 휠체어와 유아차를 위한 숨겨진 문까지. 배리어 프리 설계는 공간 디자인의 완성도를 높인다.

여섯 명의 서점원이 함께 큐레이션하는 이곳의 책 선

택 기준은 특별하다. 직접 고른 책을 반품하지 않는다는 원칙으로 출판 생태계와 창작 생태계에 전하는 작은 응원을 실천한다. 지난 4년간 큐레이션 한 책들을 모두 판매했다는 사실은 이들의 안목을 증명한다. 일러스트레이터로서 늘 시각적 콘텐츠의 기획과 선별에 고민이 많은 나에게, 이런 큐레이션 철학은 배울 점이 많다.

특히 1층에서 열리는 기획전은 창작자에게 영감의 보고다. 최근 《위픽 시리즈》 전시에서는 초단편 작품들이지만 깊게 소재에 대해 파고들 수 있는 여지를 제공했고, 현재 진행 중인 《산책》 전시에서는 일상 속 사색에 대해 질문한다. 다음 기획전 《경계와 틈》에서는 관람객에게 질문지까지 제공할 예정이라고 한다. "사유와 사색을 위해 질문지를 주는 곳이 있을까?"라는 대표의 반문에서, 이 공간이 단순한 전시가 아닌 참여형 예술 공간을 지향함을 알 수 있다.

영수증에 적힌 <서점일기>도 흥미롭다. 공간 안에서 미처 대화를 나누지 못했던 이야기를 전달하려는 세심한 배려가, 일러스트레이터인 나에게는 시각적 커뮤니

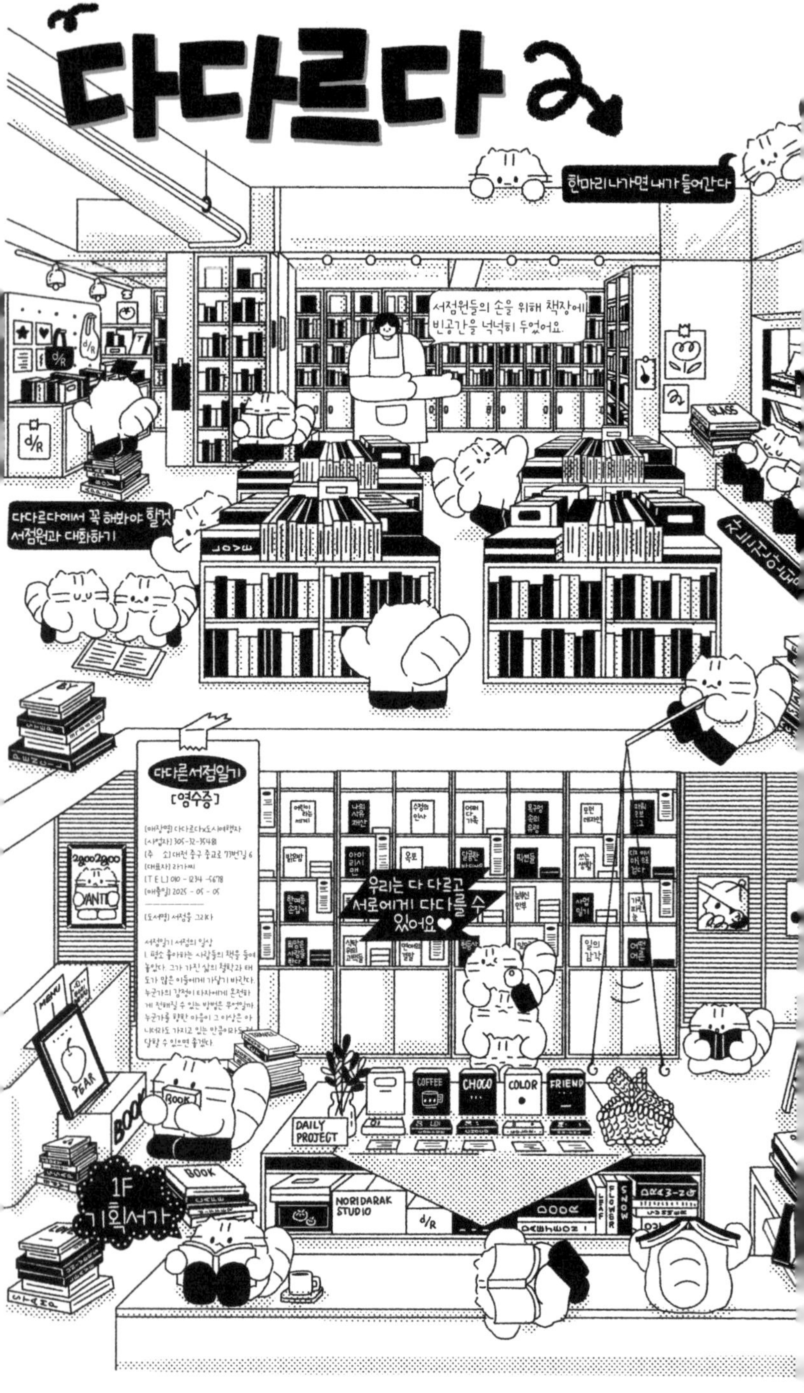
다다르다 2
한마리 나가면 내가 들어간다
서점원들의 손을 위해 책장에 빈공간을 넉넉히 두었어요.
다다르다에서 꼭 해봐야 할것 서점원과 대화하기
우리는 다 다르고 서로에게 다다를 수 있어요
GLASS
다다른서점알기
[영수증]
[매장명] 다다르다x도시여행자
[사업자] 305-32-35488
[주 소] 대전 중구 중교로 77번길 6
[대표자] 라가씨
[T E L] 010-1234-5678
[방문일] 2025-05-05
[도서명] 서점을 그리다
COFFEE
CHOCO
COLOR
FRIEND
DAILY PROJECT
NORIDARAK STUDIO
BOOK
PEAR
1F
기억서가

케이션의 새로운 가능성으로 다가온다. 작은 종이 한 장에도 스토리를 담을 수 있다는 것, 그리고 그것이 독자와의 연결 고리가 될 수 있다는 깨달음을 얻었다.

지역 창작자들과의 협업에 대해 대표는 '인력풀을 알아가는 단계'라고 말한다. 단순히 상업적인 관계가 아니라 서로를 응원하는 관계를 중시하며, 문화 예술인 인명사전을 만들자는 제안까지 내놓는다. 일러스트레이터로서 늘 동료 작가들과의 네트워킹에 관심이 많은 나에게, 이런 접근은 매우 반갑다.

두 번째 서점에서는 더욱 창작자 친화적인 공간을 만들고 싶다고 한다.《퍼블리셔스 테이블》,《언리미티드 에디션》등 북 페어에 참가하는 작품 중 탈락한 이들의 작품을 소개하겠다는 계획이나 종이 선택부터 판형의 다양성까지 완전히 새로운 시도를 지원하겠다는 의지에서 창작자에 대한 깊은 이해와 애정을 느낀다. 일러스트레이터로서 늘 새로운 매체와 형식에 대한 실험 욕구가 있는 나에게, 이런 이야기는 늘 즐겁다.

대학교가 많아 청년 인구가 도시 전체의 28~30% 비

율인 대전의 특성에 주목해 지역적 특성을 활용한 문화 기획의 중요성을 깨닫는다. 서울은 비슷한 생각을 하는 팀이 너무 많다며, 대전에는 플레이어가 없어서 정착했다는 이야기는 지방에서 활동하는 창작자들에게 희망적인 메시지다.

휴무일 없이 운영하며 책이라는 콘텐츠로 지속적인 문화 예술 프로그램을 기획하는 이곳의 역할은 단순한 서점을 넘어 지역 문화의 거점이다. 일러스트레이터로서 지역에서 활동할 때 느끼는 외로움과 한계를 생각하면, 이런 공간의 존재가 얼마나 소중한지 실감한다.

잔잔한 재즈와 어쿠스틱 기타 소리가 흐르는 이 공간에서, 시간은 날씨처럼 자연스럽게 흘러간다. 청소년들이 편견 없이 바닥에 앉아 책을 읽는 모습을 볼 때의 감동이나 가족이 함께 손잡고 서점에 들어설 때의 뭉클함은 이 공간이 만들어내는 특별한 순간들이다.

함께 가꾸고 자라는 서점을 지향하는 《다다르다》의 대표는 "서점이라는 공간과 브랜드를 내 것이라 생각하지 않는다"며 "나누어 가지겠다"는 철학을 밝힌다.

계속 나누어 가져서 내가 멈추더라도 지속할 수 있는 서점, 백년 가게를 꿈꾸는 이곳의 비전은 나에게도 작업에 대한 새로운 관점을 제시한다. 지속 가능한 창작 생태계를 만들어 가는 것의 중요성을 깨닫게 된다.

"독자의 태도가 공간을 완성한다"는 《다다르다》의 철학처럼, 이 서점은 방문하는 모든 이와 함께 만들어 가는 살아있는 작품이다. 《다다르다》에서 보내는 시간이, 내 작업에도 새로운 색깔을 입혀줄 것 같은 예감이 든다. 이곳은 단순히 책을 사는 곳이 아니라, 질문을 품고 영감을 얻으며, 동료 창작자들과 만나는 소중한 공간이다.

그리고 나는 바란다.

이런 서점이 꼭, 오래 살아남기를.

《다다르다》처럼 '다름'을 인정하려는 시도는 상업 일러스트레이션이 범람하는 현실에서 자신만의 목소리를 찾으려는 나와 같은 창작자들에게 큰 위로가 된다. 이런 독립서점들이 하나둘 사라져가는 현실 속에서, 지역에 뿌리내리며 창작자들과 독자들을 이어주는 이 소중한 공간이 오래도록 지속되어야 한다. 나 역시 일러스트레이터로서 이곳과 함께 성장하며, 《다다르다》가 더 많은 창작자에게 영감의 원천이 되기를 소망한다.

다다르다 가는 길

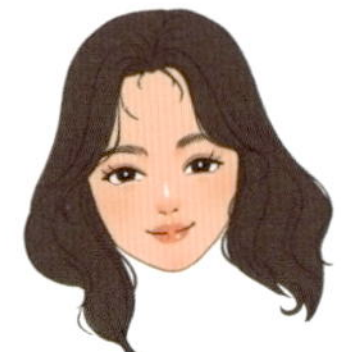

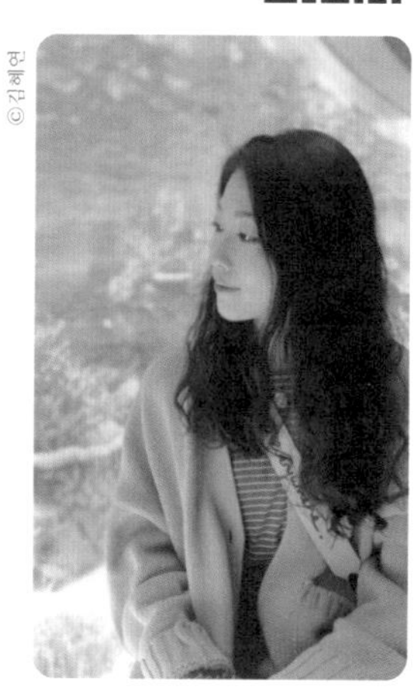


예쁜 것을 그리는 걸 좋아하는 일러스트레이터. 그림을 통해 사람들에게 따뜻함과 아름다움을 전하고 싶다는 마음으로 작업한다. 게임 원화 디자이너로 시작했지만, 지금은 프리랜서 일러스트레이터로 전향해 출판, 캐릭터, 굿즈, 교육 콘텐츠 등 다양한 분야에서 활동하고 있다. 작업한 책으로《안네의 일기》,《키라의 감정 학교》,《도슨트 이창용의 미술 대모험》,《꽃과 소녀 컬러링북》등이 있다.

# 시간도 쉬어가는 서점



햇살 좋은 오후, 나는 오랜만에 버스를 타고 북적이는 사람들 속에 섞였다. 시끌시끌한 분위기가 영 어색하다. 평소엔 일하느라 바빠서 밖으로 잘 나가지 않았는데, 오늘은 나름대로 큰마음을 먹고 집을 나섰다. 집에서 그리 멀지 않은 곳이라 금세 도착했다.

오늘 내 목적지는 화성행궁 근처 서점이다. 평소엔 대형서점만 주로 다니는데, 오늘은 독립서점이다. 길치에 방향치인 나는 지도 앱을 켜고도 늘 헤매곤 한다. 오늘은 헤매지 않고 잘 도착할 수 있을까. 기대 반, 긴장 반이었다. 사실 평일 아침 일찍 다녀오고 싶었다. 그래야 좀 덜 붐비고, 하루를 효율적으로 보낼 수 있을 것 같았기 때문이었다. 하지만 이 서점은 주말에만 문을 열고, 그나마도 영업시간이 오후 1시부터 7시까지다. 달리 선택지가 없었다. 주말에만 문을 여는 곳이라니, 독특하다. 도대체 얼마나 특별한 곳이길래. 좁은 골목에 들어서면서부터 긴장감이 돌았다. 이런 골목에 서점이 정말 있을까?

그러다 좁은 길, 나무색 간판을 발견했다. 간판에는 《경기서적》이라고 쓰여있었다. 그제야 마음이 놓였다. 고개를 돌려 간판이 놓인 길 쪽을 바라봤다. 고즈넉한 한옥 한 채가 정답게 서 있다. 《경기서적》은 1979년 수원에서 시작한 역사 깊은 지역 서점이다. 수원에는 세 곳의 지점이 있는데, 《경기서적》 행궁점은 수원 화성 행궁동에 문을 연 한옥 서점이다. 2022년에 새로 개장한 이곳은 40년 넘는 《경기서적》의 전통에 뿌리를 두고 있다.

대문을 열고 들어가니 마치 옛날 시골 할머니 집에 온 듯 따뜻하고 정겨웠다. 마음이 편안해졌다. 기와와 나뭇결이 고스란히 드러난 기둥, 고즈넉한 분위기, 그 모든 것이 서점에 독특한 매력을 더했다. 제법 넉넉한 앞마당과 달려가서 바로 앉고 싶은 툇마루가 정겨웠다. 이런 툇마루에 앉아본 게 얼마 만이더라. 나는 쏟아지는 햇살에 잠시 눈을 감았다. 북적이는 도심에서 이런

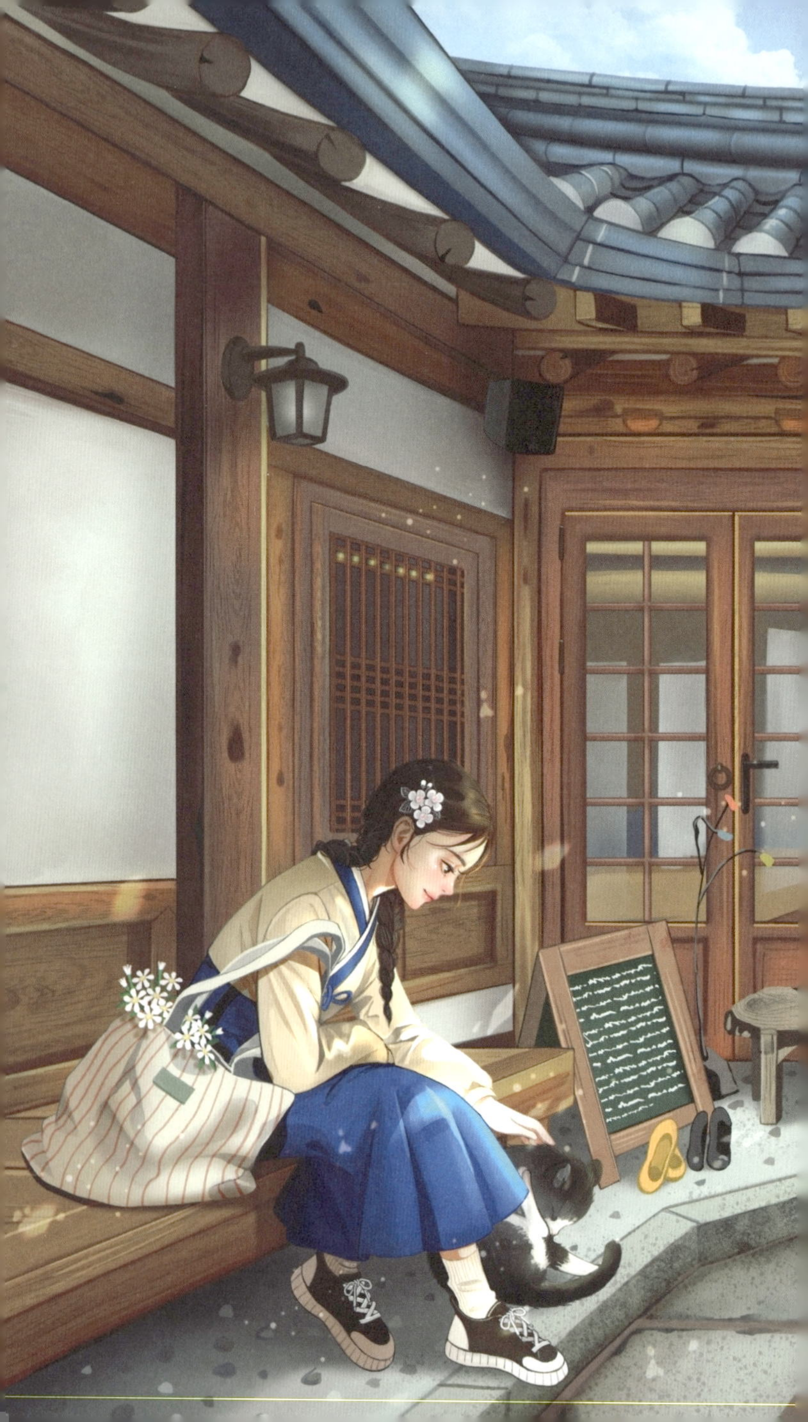

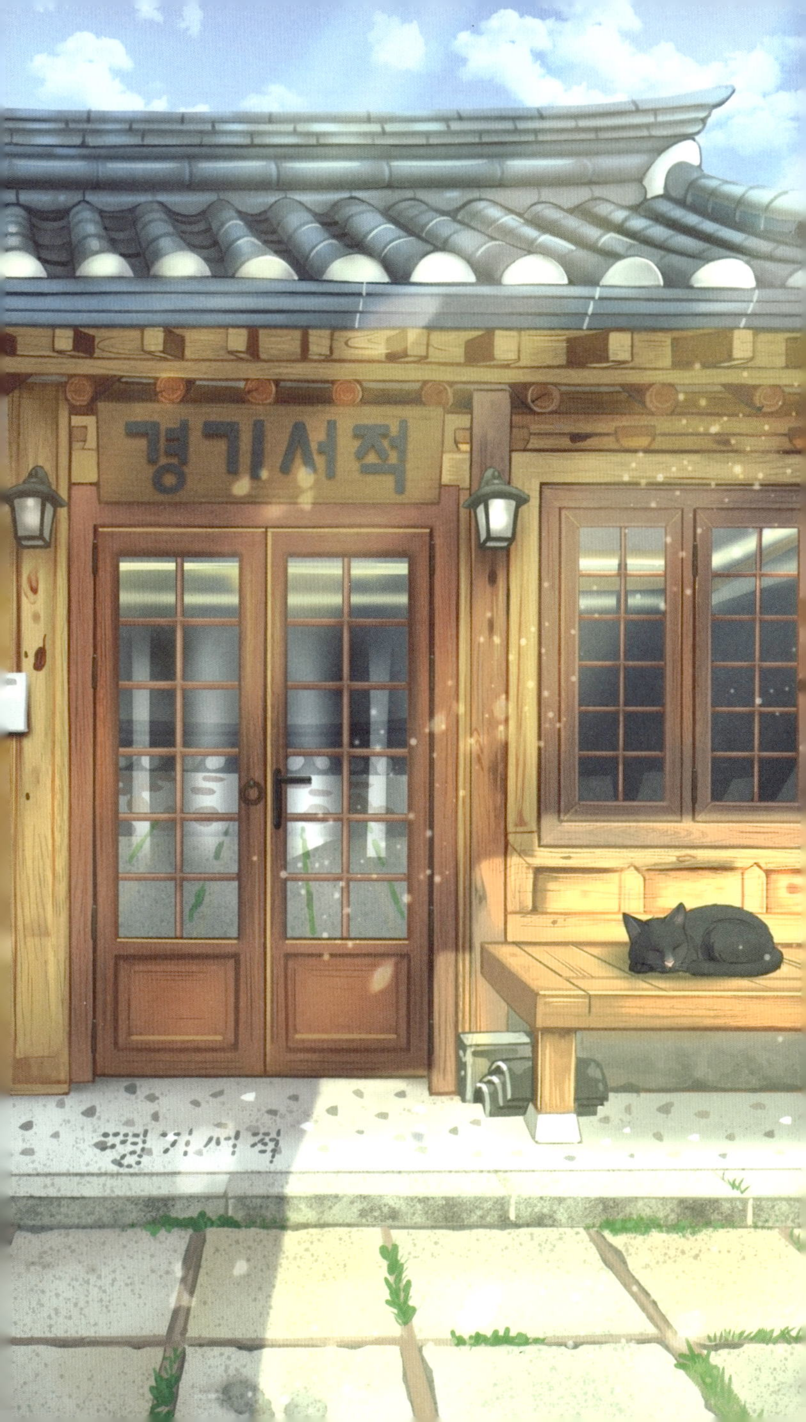

경기서적
경기서적

여유라니. 나도 모르게 피식 웃음이 나왔다. 날씨 탓인지 공간 탓인지 엉덩이가 무거워져서 도무지 일어나기 힘들다. 아무래도 책을 사고 나오는 길에 다시 한번 앉아야 할 것 같다. 이 앞마당에서는 때때로 저자와 독자가 만나는 행사도 열린다고 한다.

서점 입구 한편에는 꼬마 고무신과 함께 흑판에 유다정 작가의 산문집 《제철 행복》에 수록된 글이 쓰여 있다. 문장에 이끌려 몇 번을 읽고 또 읽어보았다. 딴짓을 하다 보니 이제야 겨우 서점에 들어선다. 익숙한 책 냄새와 정갈한 분위기가 충만하다. 대형서점과는 전혀 다른, 아늑하고 포근한 느낌이다. 책들은 장르별로 잘 정리되어 있고, 베스트셀러 도서부터 독립출판물까지 다양하다. 특히 몇몇 책에 붙여놓은 책방지기의 따뜻한 메모가 인상적이었다. 책을 사랑하는 이의 진심이 묻어 있었다. MBTI 유형별로 추천하는 책 섹션도 있었다. 옛 것과 새것, 두 가지가 조화를 이루는 세심한 배려였달까. 독립서점이다 보니 대형서점에서 보기 힘든 작가의 책들도 만날 수 있는 데다 《경기서적》을 방문한 작가들이 직접 서명한 책도 만날 수 있다는 것도 이곳만의 특

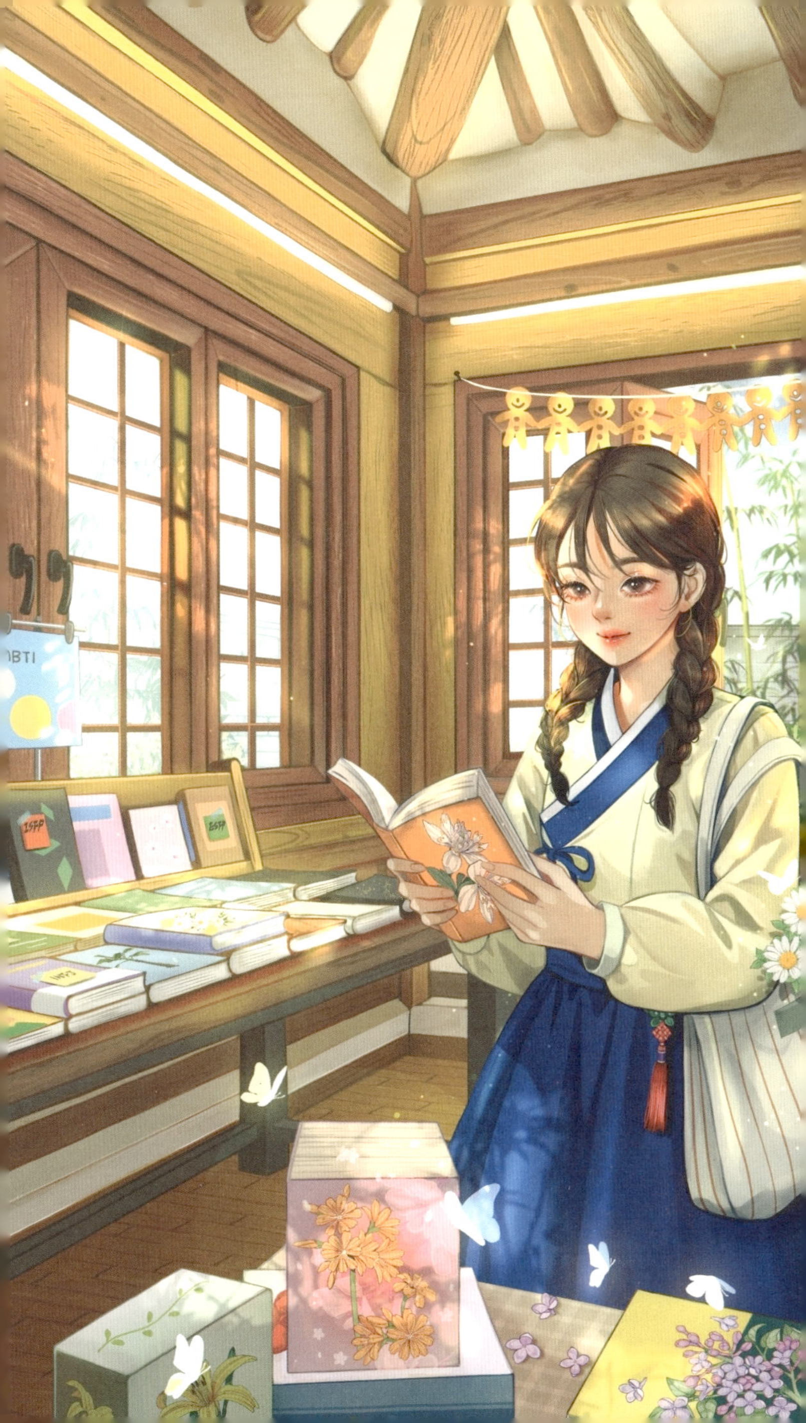
MBTI
ISFP
ESFP

별한 점이었다. 책뿐 아니라 수첩, 플래너, 엽서 등 작은 소품, 문구류도 판매한다. 나도 출판 일러스트를 작업하는 작가로 언젠가 이 서점 한편에 내 책이 진열되는 상상을 해본다. 가끔 문구류를 소량 제작해서 판매하기도 하는데, 이 자리도 꽤나 욕심이 난다.《경기서적》에 오래 머물수록 욕심이 자꾸 커졌다.

서점 내부를 살펴보면, 저 멀리서도 느껴지는 안정감이 있었다. 전통 한옥 구조의 느낌 아래 현대적 공간 요소가 잘 스며들었다. 서까래와 큰 창문들로 분위기는 한층 더 아늑했다. 커다란 창문으로 따스하게 햇빛이 내려와 어느 구석에 서서 책을 읽더라도 참 예쁠 것 같은 공간이었다. 이 작은 서점은 시끄럽지 않아서 조용히 자신만의 시간을 보내기에 최적이었다. 각자의 세계에 몰두한 채, 옅게 드리운 햇살 아래 조용히 책장을 넘기는 사람들의 모습은 그 자체로 휴식이고 평안이었다. 같은 공간에서 책이 건네는 위로를 공유하는 것만으로도 충분히 따뜻한 교감이 이루어지리라. 도시의 소음에서 벗어나 온전히 자신에게 집중할 수 있는 귀한 시간을 제공하는 이 공간이 나는 참 마음에 들었다. 서점에 들어서는 사람은 저들끼리 작게 속삭였다.

"어머, 이런 곳에 서점이 있었네?"

유심히 보지 않고는 모르고 지나쳤을 작은 서점. 이곳은 일상에서 잠시 벗어날 수 있는 작은 도피처 같았다. 나는 평소엔 잘 읽지 않는 시집을 구매했다. 시집을 사다니 스스로에게 좀 놀랐다. 아무래도 오늘의 나는 꽤 감성적이다.

《경기서적》 행궁점은 단순히 책을 사고파는 공간이 아니라, 잠시 멈춰 서서 삶의 속도를 늦추고 아날로그 감성과 만나는 위안의 장소다. 빠르게 변화하는 세상 속에서 잊고 있던 소중한 가치를 일깨워 주며, 책이 지닌 본연의 힘을 다시금 느끼게 해주는 곳. 행궁동을 지나는 누구든, 이곳의 조용하고 깊은 울림을 경험해 보길 권한다.

---

경기서적 행궁점 가는 길

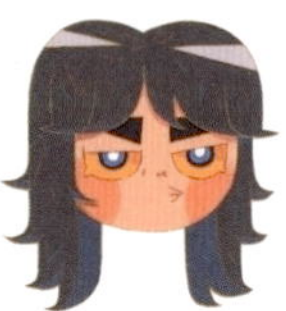

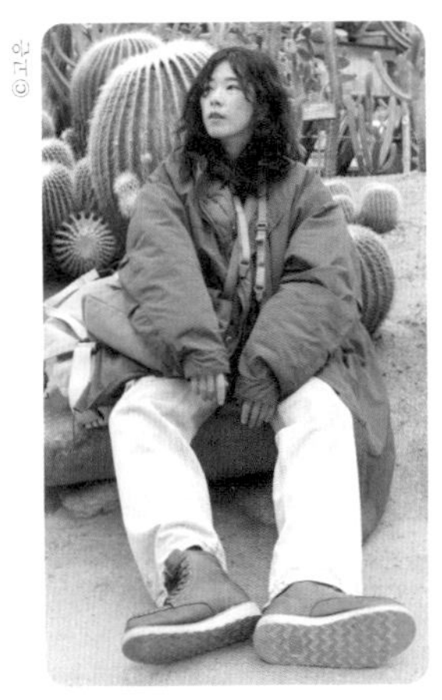



청강문화산업대학교에서 애니메이션을 전공한 창작자로, 애니메이션 제작과 일러스트 작업을 통해 세계관을 구축해 나가고 있다. 《지저분 씨 가족의 특별한 휴가》의 그림작가로 첫 책을 선보였으며, 일상의 소소한 순간들을 나만의 시선으로 포착하여 생동감 넘치는 이미지로 재탄생하게 만드는 것이 작업 철학이다.

# 길가에 서 있는 세월의 공간

광주_유림서점

햇볕이 적당히 내리쬐고 봄바람이 가볍게 불어오는 나른한 오후였다. 나는 10년째 동거하는 뚱뚱하고 늙은 코숏 고등어 고양이와 옥상 다 해진 캠핑 의자에 앉아 있었다. 고양이는 햇빛을 즐기며 콧구멍에 봄바람을 담았다. 오늘은 서점에 가 볼까? 날씨도 너무 좋잖아. 그렇게 무턱대고 나는 오토바이 키를 챙겼다.

처음부터 《유림서점》에 갈 생각은 아니었다. 헬멧을 쓰고 담양까지 달렸지만 내가 가려고 했던 서점은 얼마 전 폐업을 했다는 소식만 전해 들을 수 있었다. 김이 빠져 광주로 돌아오던 길, 계림동 헌책방 거리가 눈에 띄었다. 동네는 조용했다. 책방은 이렇게나 많은데 사람들이 없다니. 나는 오토바이를 세우고 천천히 걸었다. 그러다 만난 《유림서점》이었다.

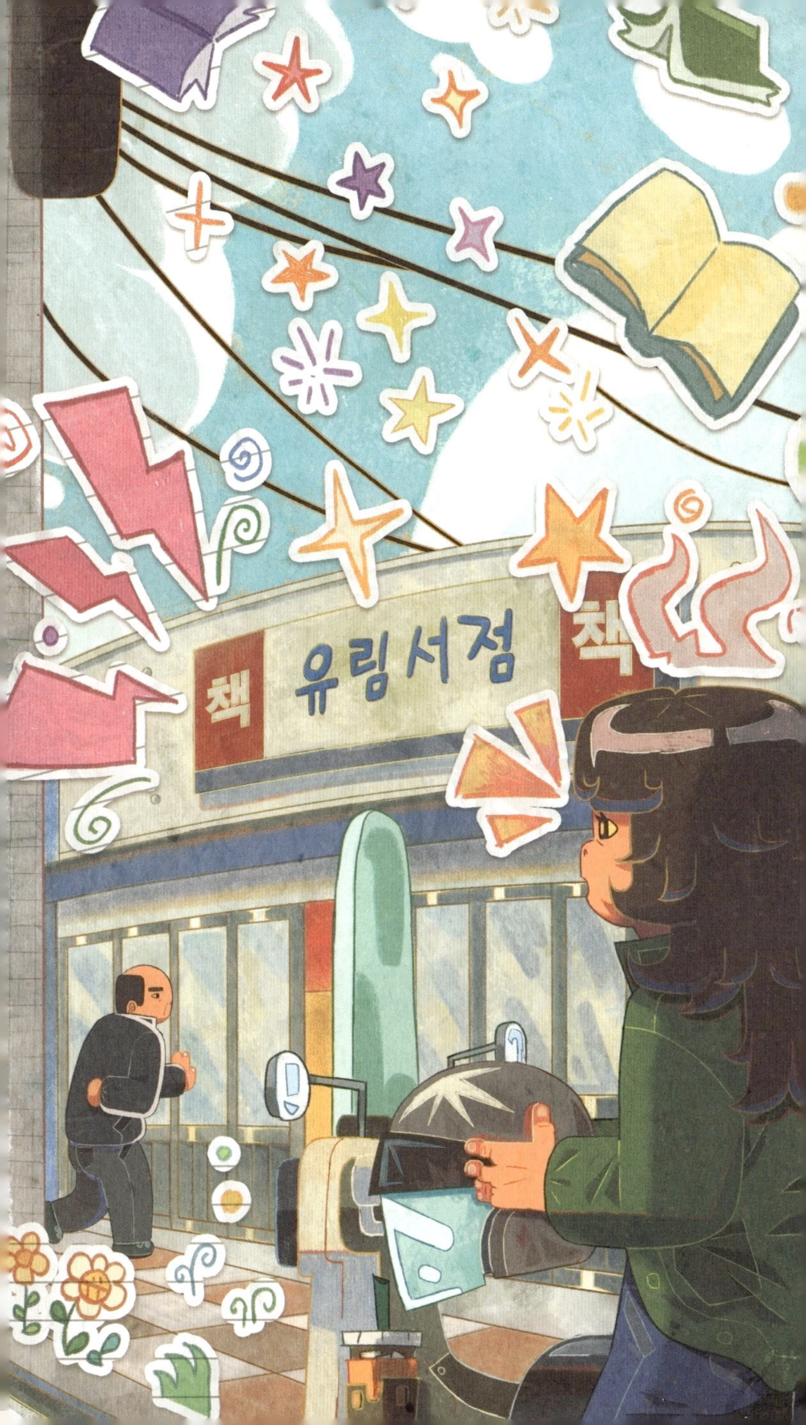
책
유림서점
책

창문에 얼굴을 붙이고 서점 안을 들여다 보았다. 서점 안은 책들이 옹기종기 모여 거대한 산을 이루고 있었다. 들어갈까, 말까. 그때 서점 옆 카페에서 할아버지 한 분이 나왔다.

"책 사러 왔어요?"

나는 얼결에 네, 하고 대답해버렸다. 할아버지는 느릿느릿 걸어와 서점의 문을 열고, 나에게 들어오라 손짓했다. 《유림서점》 사장님이었다.


서점에 들어간 나는 낮게 탄성을 질렀다. 시간이 멈춘 다른 세상에 온 기분이었다. 사장님은 서점 안쪽 책으로 둘러싸인 카운터 안에 앉으며 텔레비전을 켰다. 이 책들의 공간에서만큼은 왕인 듯했다. 나는 사장님이 켜둔 야구 중계 소리를 들으며 책들을 하나씩 빼 보았다. 사장님은 나 따위는 안중에도 없는 듯했다. 기아 타이거즈의 실책이 터지며 점수를 빼앗기자 나와 사장님은 동시에 "에라잇!" 소리를 냈다.

나는 고서들 사이에서 민화 전집을 발견했다. 안 그래도 요즘 민화 공부를 하던 참이었는데. 반가운 마음에 책을 펼쳐 보았다. 옛날 잉크 냄새와 종이 냄새가 잔

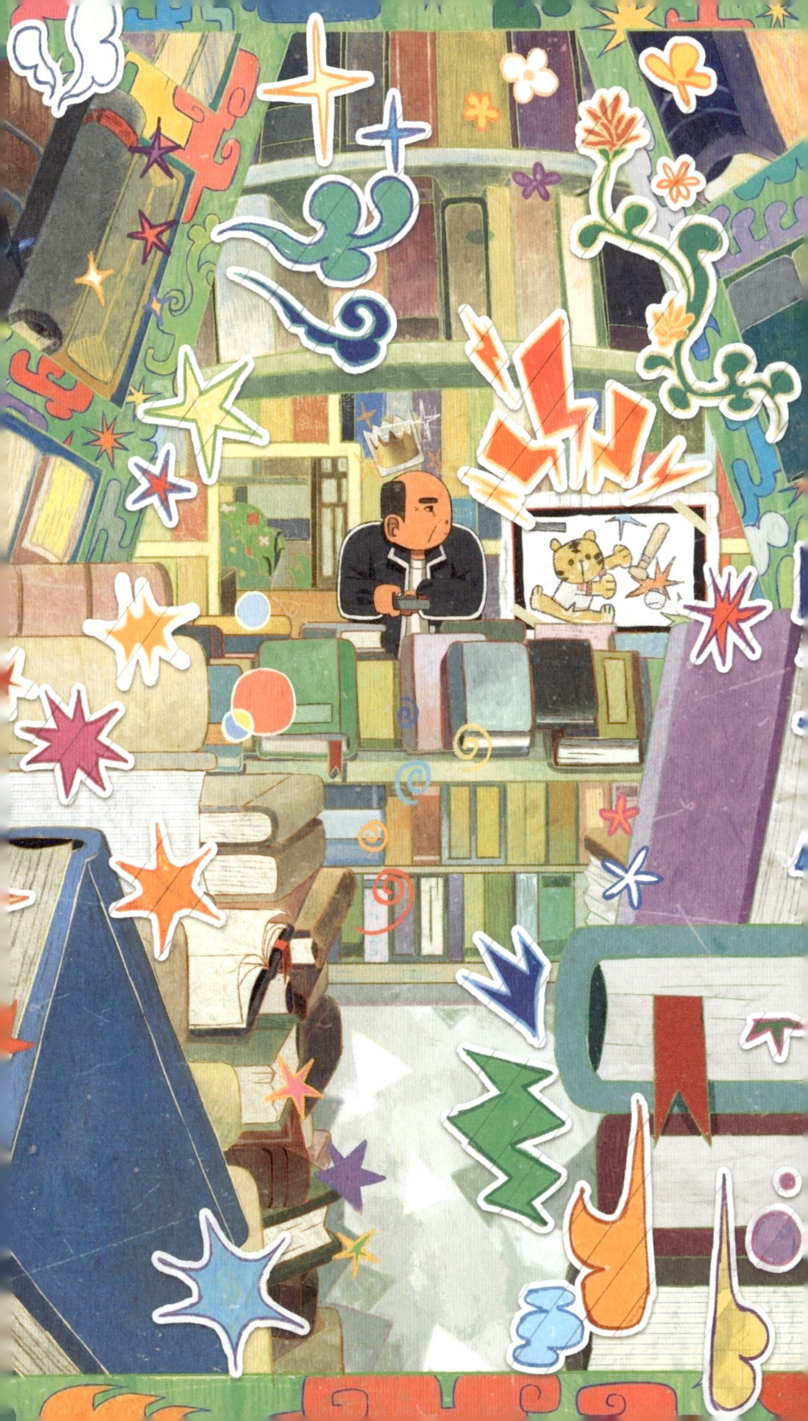

잔히 배어 있었다. 나는 한 권을 들고 사장님에게 다가 갔다. 사장님은 내가 든 책을 힐끔 보더니 무심하게 말했다.

"그건 한 권만 안 팔아. 두 권 세트로 사야 해."

"아, 그래요?"

"그렇지. 1편만 사가면 2편은 누가 사? 그냥 한 세트로 팔아야지."

하긴, 따로 남은 한 권은 어쩌라고. 나는 군말 없이 나머지 책도 집어왔다.

"두 권 살게요. 얼마예요?"

"두 권 해서 4만 원에 가져가."

내내 무표정하던 사장님의 얼굴에 슬그머니 미소가 감돌았다. 나는 지갑에서 오만 원을 꺼내 내밀었다. 카운터에서 박스를 꺼내 사장님은 천천히 책을 포장해주었다.

"여기…… 꽤 오래된 곳 같은데, 얼마나 됐어요?"

지나간 시간을 어림짐작하는 사장님의 눈동자가 움직였다. 작은 계산기가 눈동자 속에서 움직이는 것 같기도 했다.

"1972년…… 그랬지, 72년도. 처음엔 저기 동부경찰

서 쪽에서 시작했다가 78년도에 여기로 왔으니 50년도 넘었지.”

“그럼 이 서점에서 5. 18을 겪으셨겠네요?”

광주에 살며 빠뜨릴 수 없는 질문이기도 했다. 사장님은 당연하다는 표정을 지었다.

“그렇지. 이 서점 앞 도로에 장갑차들이 지나가고, 군인들이 돌아다녔지. 나는 여기에 앉아 그걸 다 봤어. 다행히 군인들이 여길 들어오진 않더라고. 그 양반들이 책은 안 좋아한 모양이야.”

나는 그의 이야기를 좀 더 듣고 싶었다. 시간의 흐름이 묻은 책들이 쌓인 공간에 앉아 과거의 이야기를 듣는 일. 세월이란 무엇인지 온몸으로 느껴보는 일.

“원래 여긴 헌책방이 아니었어. 옛날엔 대학생들이 자주 와서 책을 많이 샀어. 5. 18 때도 대학생들은 공부할 책을 사러 왔어. 다친 꼴로 오기도 했지. 시간이 흐르면서 이제 책 사러 오는 사람들은 별로 없어. 그래도 가끔 와주는 손님들이 있으니 헌책방이라도 하고 있는 거지. 내가 여길 정리하면 이 나이에 더 뭘 하나? 소소하게 재미삼아 하는 거야.”

말을 마친 사장님은 잠깐 추억 여행이라도 다녀온 사

람 같은 얼굴이었다. 더 듣고 싶은 것이 많았지만 딱히 무얼 물어야 하는지도 모르겠는 느낌이었고, 창밖으로 서양도 내려앉던 참이었다.

나는 《유림서점》을 나와 바로 옆 《유림카페》에 들어섰다. 서점 사장님의 사위가 운영하는 곳이라고 했다. 디카페인 커피 한 잔을 마신 후 나는 오토바이를 세워 둔 곳으로 천천히 걸었다. 오래오래 서점이 이곳에 있기를 바라는 마음으로 《유림서점》 간판을 다시 한번 바라보았다. 오토바이에 시동을 걸고 집으로 돌아가는 길, 주말 하루가 그렇게 흘렀다.

유림서점 가는 길

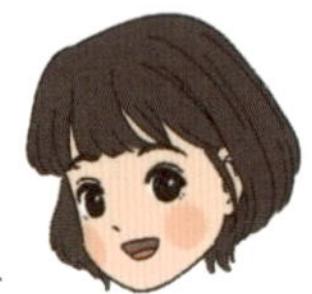

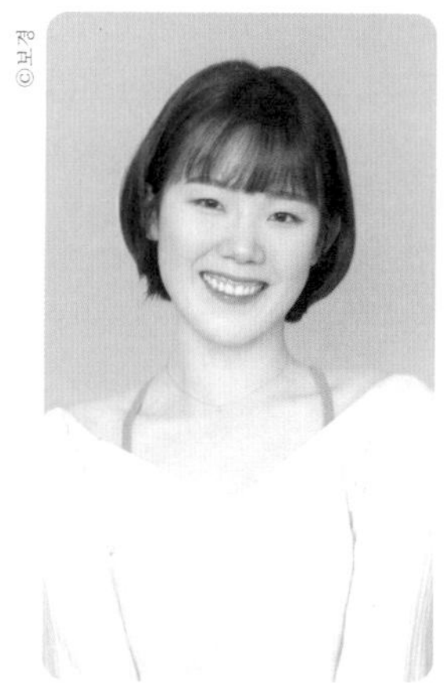


따뜻하고 부드러운 감성으로 일상에 작은 상상을 더해 그림을 그리는 일러스트레이터.《고백 타이머》시리즈,《플랜더스의 개》의 그림을 그렸고, 그 외 다양한 책 표지 일러스트와 관공서 및 기업 광고 일러스트를 작업했다.

# 우연히 만난 나의 아지트

서울_책방 고즈넉

짧지만 힘들었던 회사 생활을 마치고 나는 일러스트레이터를 꿈꾸었다. 그림을 좋아하지만 앞선 시간 동안 미대 입시용 그림 외엔 그려본 적이 별로 없어서 내 취향의 그림이랄 것이 없었다. 의기양양하게 드로잉 북을 사왔지만 뭘 그려야 할지 막막했다. 그래서 찾기 시작한 곳이 서점이었다. 책과 친하지 않아서 서점에 가는 일이 많지 않았지만, 나의 그림 취향을 찾기 위해 틈만 나면 들락날락하기 시작했다.

그렇게 서점은 꿈을 찾는 공간이 되었다. 내가 좋아하는 그림을 찾는 모험인 셈이었다. 그래서인지 서점 산책은 이제 습관이 되었다. 그냥 잠깐 스쳐 지나가더라도 말이다. 책이 있는 공간에 들어서면 편안해지고 즐거웠다.

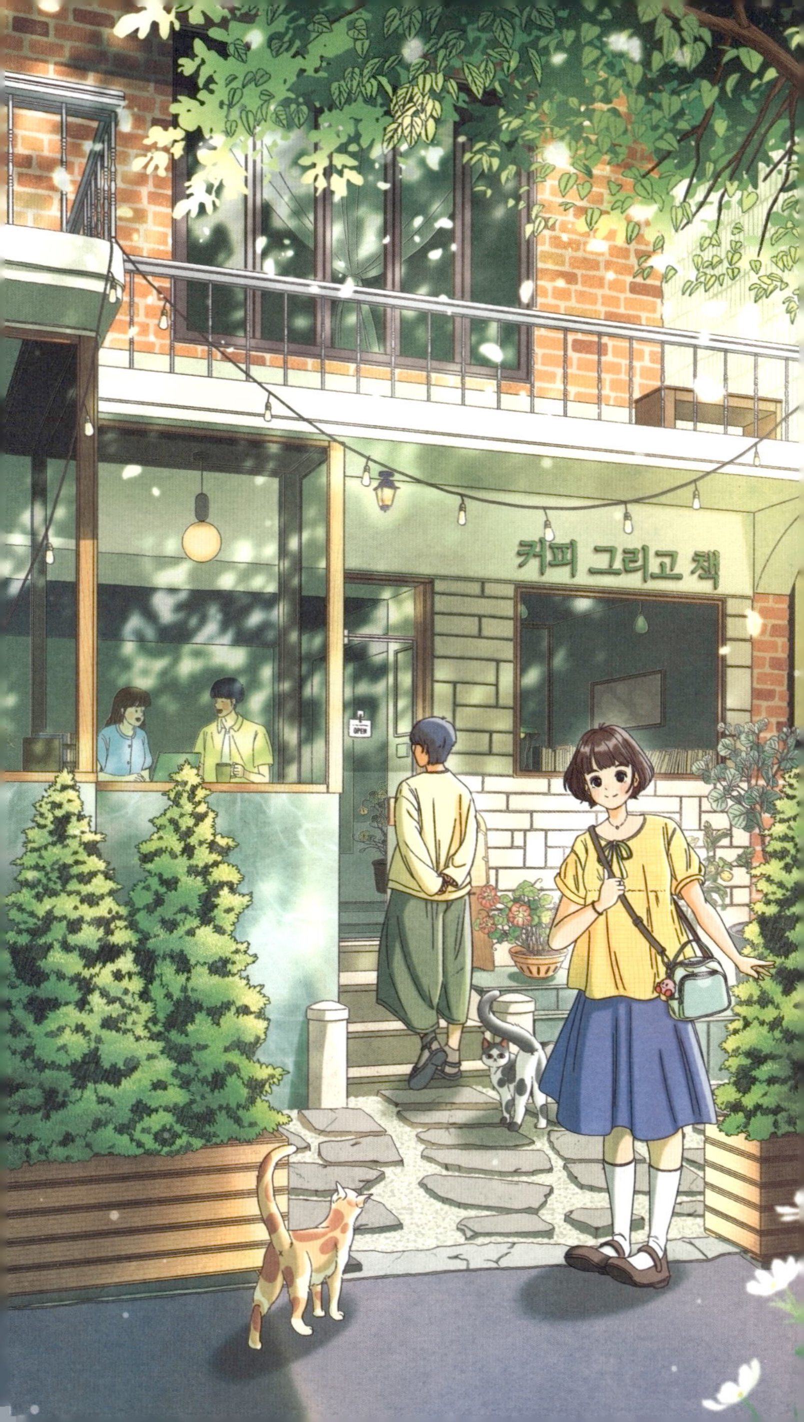
커피 그리고 책
OPEN

그러던 어느 날 SNS에서 우연히 집 근처에 《책방 고즈녁》이라는, 책이 많은 카페가 있다는 것을 알았다. 서점은 아니었지만 책이 많은 카페라니 구미가 당겼다. 보자마자 당장 찾아가야겠다고 생각했다. 우리 동네에 이런 멋진 카페가 있다니. 다음 날 카페에 가는 내내 신이 났다.

설레는 마음을 안고 지도 앱을 따라 걸었다. 건물 사이 주차장을 지나니 《책방 고즈녁》의 '커피 그리고 책'이라고 쓰인 문구가 눈에 들어왔다. 주택을 개조한 듯한 외관이 딱 내 취향이었다. 이 카페를 그림으로 남기면 너무 예쁘겠다는 생각이 먼저 들었다(항상 자료를 찾는 그림쟁이는 어쩔 수 없다). 들어가기 전부터 호들갑을 떨면서 사진을 찍었다. 그림으로 그리면 어떤 결과물이 나올까, 나는 벌써 궁금했다.

바깥 소품도 하나하나 눈에 새긴 다음 카페의 문을 열고 들어서자, 고소한 커피 향기와 마음 편안한 책 냄새가 동시에 풍겼다. 외부 세계와는 동떨어진 공간 같았다. 시끄럽던 도로의 차 소리와 도시의 각종 소음이 모두 차단된 채 고요했다. 들리는 것이라고는 사장님이 음료를 만드는 소리와 책장을 넘기는 소리, 혹은 약속이라도 한 듯이 목소리를 낮추어 서로의 귀에 속닥대는 소리 정도였다.

　나는 수제청 청귤에이드를 주문하고 음료를 기다리는 동안 이곳저곳을 살펴봤다. 아늑한 공간에 살짝 다른 분위기로 방이 나뉘어 있었다. 각 방마다 책이 가득한 책장이 있었고, 지인과 함께 온 사람 혹은 홀로 온 사람들이 책을 읽으며 음료를 마시고 있었다. 판매용 책들도 있었다. 급하게 2층에도 올라갔다. 마치 예전 할머니 집에 올라가는 기분이 들었다. 2층은 음료 만드는 소리마저 없어 1층보다 더 조용했다. 사장님의 눈길조차 닿지 않아 더 편안히 오랫동안 책에 몰입할 수 있을 것 같았달까. 안쪽에는 커플이 나란히 앉아 한 사람은 책을 읽고 다른 한 사람은 그저 편안히 어깨를 기대어 쉬고 있었다.

　나도 사람이 없는 테이블을 찾아 자리를 맡아두고 책 하나하나를 신중히 살펴보았다. 《죽고 싶지만 떡볶이는 먹고 싶어》가 있기에 집어 들었다. 마침 준비된 음료를 받아 자리에 앉았다. 사실 나는 이 책의 표지 일러스트가 좋았다. 그림 취향이 없던 시절, 책 표지 일러스트로

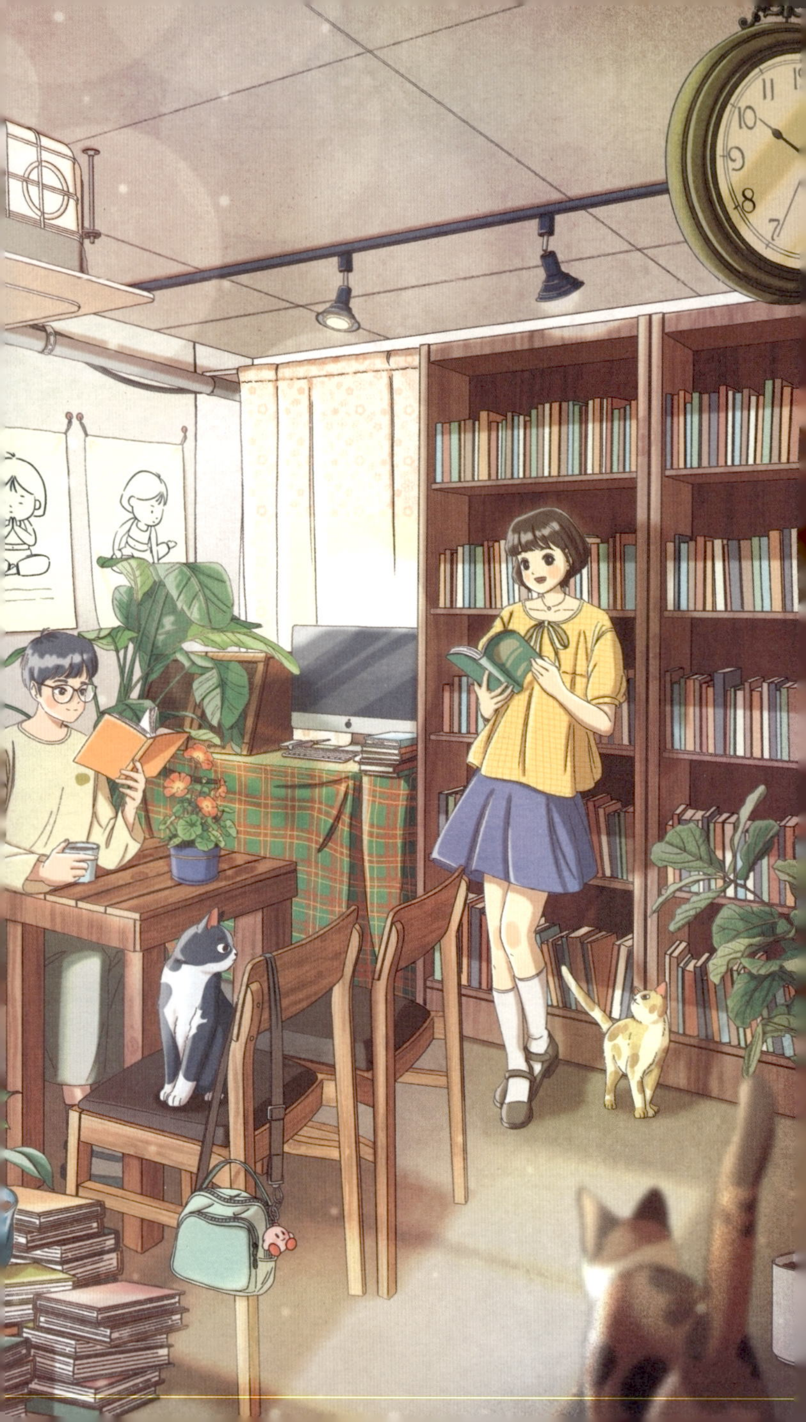

한참 인기를 끈 댄싱스네일 작가의 그림을 보며 조금씩 그림의 물꼬를 트기 시작했던 것이다. 지금 내 그림 스타일은 많이 달라졌지만, 주로 책 표지 일러스트를 작업하고 있는 나에게 큰 뿌리가 되어준 책이다.

이미 읽었던 책이지만 청귤에이드를 마시며 다시 한 번 천천히 읽기 시작했다. 지금의 나와 과거의 내 모습이 함께 머릿속에 그려지며 이 안온한 카페에 녹아들었다. 책을 읽어 나가기에 딱 좋은 편안함이 있었다. 고요함 속에 살짝씩 들려오는 약간의 백색소음이 있어 책에 몰입하기가 더 좋았다.

두세 시간 정도가 흘렀을까. 어느새 마지막 장을 넘겼다. 다시 현실로 돌아가야 하는 아쉬움이 드는 시점. 책은 다 읽었지만 쉽사리 엉덩이를 떼지 못하고, 얼음만 남은 음료를 홀짝홀짝 들이켰다. 요즘 들어 이렇게 아무 생각 없이 책을 읽어본 적이 없다. 머릿속에 하고 싶은 일, 해야 할 일의 순서가 뒤섞여 책을 골라봐도 어떤 책을 먼저 읽어야 할지 복잡하기만 했다. 하고 싶은 일을 일순위로 두자니 당장 내일의 미래가 불안하고, 해야할 일을 앞세우자니 먼 미래가 아득했다. 그래서 책 한 권을 완독하기보다 이 책 저 책 정신없이 훑다가 그냥 내려놓은 적도 많았다. 그러다 보니 이렇게 앉은 자리에서 마지막 장까지 넘긴 하루가 몹시 개운했다.

나는 여기, 책과 음료가 같이 있는 《책방 고즈넉》이 마음에 쏙 들었다. 가끔 속이 시끄러울 때나 마음이 복잡할 때 마음을 정화하러 찾아올 것이다. 이렇게 덕질하듯 서점을 그림으로 남길 수 있어 더욱 다행이다. 다시 한번 생각했다. 그림쟁이의 가장 큰 장점은 바로 내가 좋아하는 것들을 그림으로 남길 수 있다는 것. 좋은 기억을 가득 담아와 그림에 최대한 녹여내려고 했다. 이 책을 보는 독자들도 내가 얼마나 신나게 그림을 그렸는지 느낄 수 있을 것이라 생각한다.

주택가 안쪽에 숨은 《책방 고즈녁》은 바깥에선 나를 설레게 했고, 안에선 편안하게 해주었다. 다른 분들도 내 마음 같았으면 좋겠다.

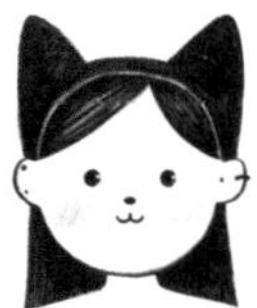

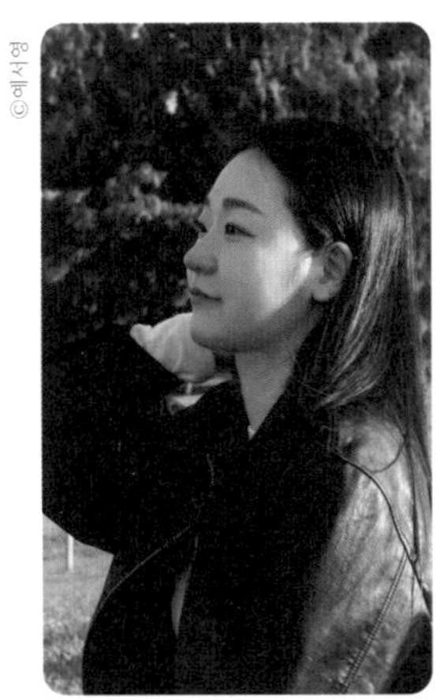


마음속 까만 고양이 깜보냥이를 그리는 일러스트레이터. 누구나 품고 있는 감정과 생각, 이야기들을 그린다. 혼자가 아닌 '함께'라는 마음을 전하고 싶다.

# 꿈꾸는 어른들에게

서울_잠실 교보문고

기억을 더듬어 보면 책은 항상 나와 함께 있었다. 처음 그림 그리는 사람이 되고 싶다는 꿈을 가지게 된 것도 책에 실린 그림들을 보면서였다. 유치원 시절엔 동화책을 정말 좋아했고, 조금 더 자라 초등학생 때도 책을 좋아했다. 권장 도서들부터 《무서운 게 딱 좋아!》나 《살아남기》 시리즈, 《그리스 로마 신화》나 《마법 천자문》은 교과서보다 많이 봤을 것이다.

순정 만화와 여러 장르의 책들을 거쳐서 소설에 푹 빠진 시절이 중학교 때다. 내 기억에 자발적으로 처음 서점에 간 것도 중학생 때다. 사춘기 시절 나는 특히 소설을 좋아했는데, 그땐 책 속 인물에 감정이입을 정말 많이 했다. 지금 멜로 드라마나 감성적인 작품을 피하는 것도, 어쩌면 그때의 영향을 받은 것 같다.

그 시절 나는 설, 생일, 어린이날, 추석, 크리스마스

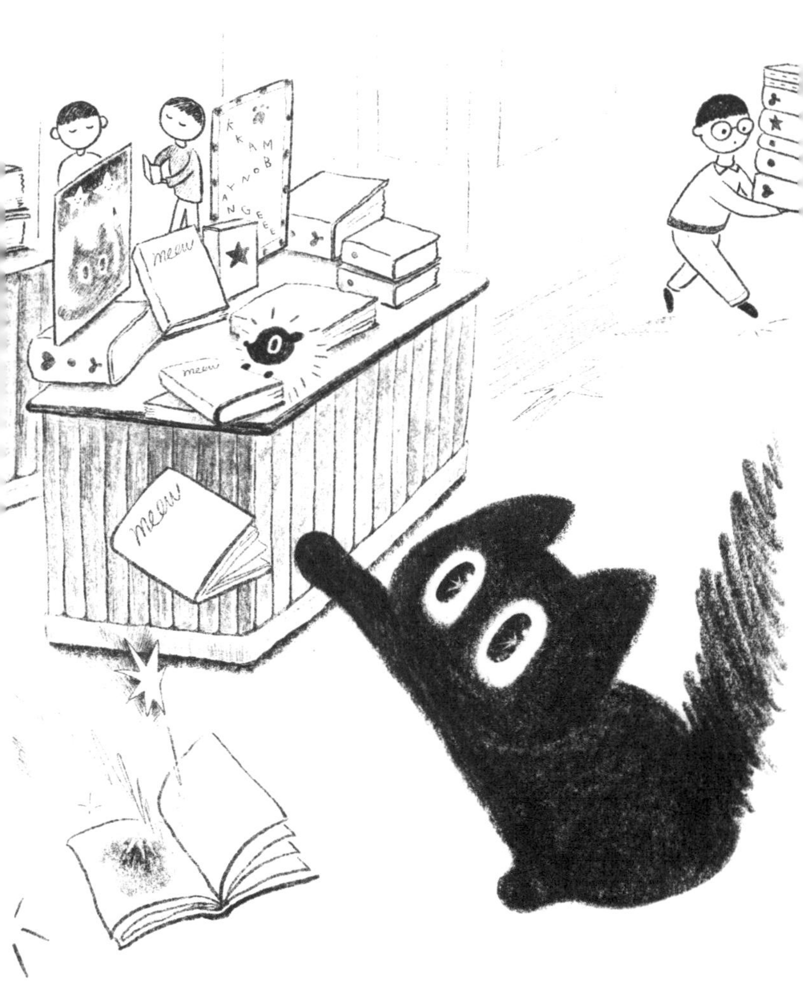
KYOBO 교보문고

같은 날에 용돈을 받으면 항상 잠실 교보문고에 갔다. 그곳은 내가 갈 수 있는 가장 먼 도심의 멋진 서점이었고, 스스로에게 주는 선물 같은 공간이었다.

서점에 가는 길은 항상 설레었다. 이번에는 또 어떤 책을 집에 데려갈까 하는 생각과, 책을 고르고 사는 멋진 어른이 된 기분에 멀다는 생각도 하지 못했다. 사람들은 서점의 향기를 많이 이야기하지만, 나는 서점의 향기보다는 나른한 조명 아래 서로 적당한 거리를 두고 떨어져 책을 보는 사람들이 좋았다. 오직 서점에 가겠다는 마음 하나만으로, 붐비는 지하철과 지하상가를 견뎌냈다. 서점으로 들어가는 순간은 언제나 평화 그 자체였다.

나는 어릴 때부터 수줍음도 많고 겁도 많았다. 사람들 앞에 나서는 것을 끔찍하게 싫어했다. 낯을 많이 가려 잘 모르는 어른들이 인사를 하거나 예뻐하는 눈짓만 보내도 엄마의 옷자락을 꼭 잡고 뒤로 숨곤 했다. 새로운 학원에 갈 때도 첫날은 항상 울었다. 엘리베이터를 처음 탄 날도 잊을 수 없는데, 혼자 엘리베이터를 타는

게 무서워서 9층 사는 친구네 집까지 계단으로 올라간 적도 있었다. 너무 잘 놀라고 잘 울어서 엄마가 병원에 데려간 적도 있었다. 병원에선 심장이 약하다고 했다. 그래서인지 나는 늘 타인의 관심이 어렵고 불편했으며, 낯선 사람과 부대끼는 것도 힘들었다. 내성적인 나는 책과 자연스레 가깝게 지낼 수 밖에 없었다.

교보문고는 내가 아는 유일한 대형서점이었고, 대형 서점 특유의 그 자유가 좋았다. 아무도 나에게 필요한 것이 있는지 묻지 않았고 책을 추천해 주지도 않았다. 고요한 공간 속 잘 나눠진 책들에게서 나는 안정감을 느꼈다. 누구도 내게 어서 오세요, 라고 말하지 않았지만 정리된 책들이 나를 늘 반겼다.

서점에 보기 좋게 진열한 책들을 구경하며 아름다운 책 표지를 보기도 하고, 혹시나 구김이 갈까 책을 살짝 열어서 고개를 기울여 가며 글을 읽기도 했다. 장르 별로 놓인 책들은 책 편식을 하기에 정말 좋은 공간이었다. 읽고 싶은 책 옆에 또 다른 읽고 싶은 책, 또 다른 읽고 싶은 책들이 놓여 있으니 얼마나 행복한 고민을 했는지 모른다.

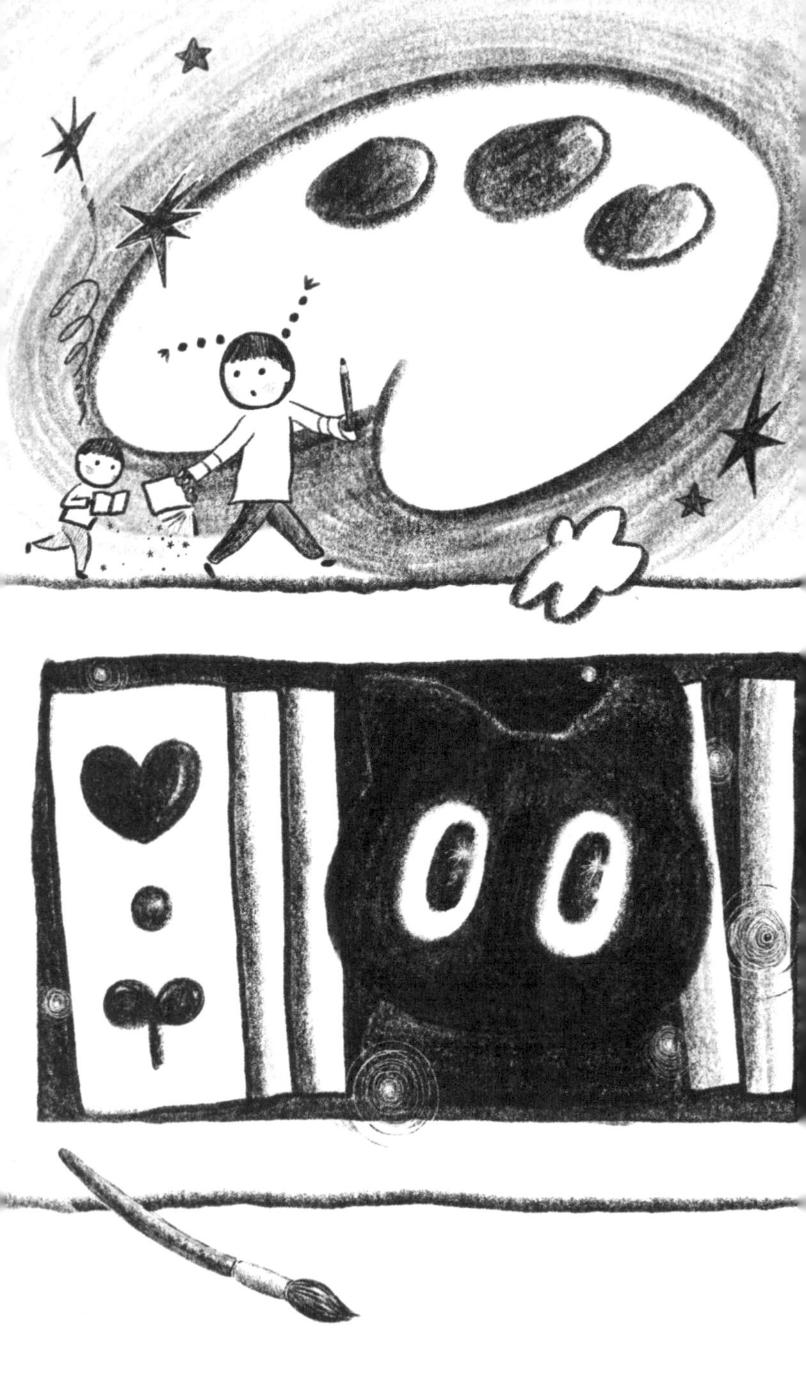

나는 마음에 닿는 책을 읽고 나면 그 작가의 다른 책들도 꼭 읽어보곤 한다. 음악도, 그림도 마찬가지다. 또 좋아하는 것들은 한 번이 아니라 여러 번 보는 것을 좋아한다. 책도 한 번 이상 읽은 것들이 많다. 처음 읽을 때는 눈에 들어오지 않았던 것들이 다시 보면 보이는 재미, 주인공이 아닌 책 속 다른 인물에게 감정이입을 하며 읽는 재미, 처음 읽을 때는 이해가 되지 않았던 것들도 시간이 흐른 뒤 읽으면 이해가 가는 재미도 있다. 책을 읽으며 내가 변했구나, 라는 것도 느끼곤 한다.

물론 새로운 책을 읽는 것도 즐겁지만, 다시 읽을 때만의 즐거움이 있다. 주변 사람들에게 지겹지도 않냐는 이야기를 들을 때도 있지만, 지겹지 않다. 시간이 흐르며 입맛이 바뀌는 것처럼 내 책맛도 변할 수는 있겠지만, 맛있는 음식은 또 먹어도, 언제 어디서 먹어도 맛있는 것과 같다고 생각한다. 책 역시 또 읽어도, 언제 어디서 읽어도 즐겁다.


중학교 때는 단짝 친구와 함께 교보문고에 가곤 했다. 친구는 다른 곳에 돈을 아끼면서까지 책을 사는 나를 신기해했다. 친구가 신기해하면 특별한 사람이 된 것만 같아 조금 우쭐해졌다. 친구는 책보다는 다른 것들에 관심이 더 많았다. 관심사는 다르지만 서로를 이상하다고 생각하지 않았고, 관심사가 다른 서로를 존중하며 많은 이야길 나누곤 했다. 주로 나는 내가 좋아하는 책을 소개하거나 책을 추천했다. 친구는 내가 하는 이야기들을 항상 잘 들어주었다. 참 다정하고 따뜻한 마음을 가진 친구였다. 사실 나는 다정하고 또 멋쟁이인 친구를 부러워한 적도 많다. 친구는 혼자 컴퓨터를 이용해 옷이나 신발 가방 등을 구매하곤 했다. 그런 친구가 어찌나 멋져보였는지 모른다. 혼자서 인터넷 쇼핑을 하고, 예쁜 옷을 골라 입는 친구는 마치 TV 속 연예인 같았다.

그래서였을까. 내가 잘 아는 공간인 서점에 친구와 함께 갔을 때 얼마나 자랑을 많이 했는지 모른다. 서점 자랑, 좋아하는 작가 자랑, 책 자랑. 나는 교보문고의 팬이었다. 아주 많이 좋아해서, 좋아하는 사람에게 내가 좋아하는 것을 알려주고 싶은 마음을 가진 팬.


나는 친구에게 나중에 어른이 되면 내 집 한 공간을 교보문고 같은 서점처럼 꾸며두고, 벽 한쪽에는 영화를 볼 수 있는 공간을 만들 거라고, 아주 커다래서 영화관에 갈 필요가 없을 정도로 큰 TV도 살 거라고, 그래서 나중을 위해 지금부터 차곡차곡 책을 사는 거라고 이야기하곤 했다. 적은 용돈으로 책을 한 권 한 권 사다 보면 호흡이 긴 장편 도서들은 나눠서 사야 할 때도 있었는데, 어른이 되면 읽고 싶은 책을 한 번에 여러 권 망설임 없이 사고 싶다는 꿈을 가지기도 했다. 아직도 망설임 없이 사지는 못하니 앞으로 이루고 싶은 꿈 중 하나다. 내가 말한 공간을 만들기 위해서 얼마나 많은 돈이 필요한지, 그런 현실적인 생각은 할 필요가 없었기에 꿈꾸는 것이 참 쉽고 행복했다.

서점은 나를 꿈꾸게 하는 공간이었다. 멍하니 상상하는 시간이 많았던 나를 자유롭게 꿈꿀 수 있도록 해준 곳. 그림을 그리는 사람이 되고 싶다는 꿈에 확신을 준 곳. 같은 공간 안에서 각기 다른 꿈을 꾸고 있는 사람들에게 알 수 없는 동료애를 느끼는 곳.

어린 시절 추억이 가득한 공간에 관해 글을 쓰고 있는 이 순간도 마치 꿈 같다. 언젠가는 책을 써 보고 싶다는 꿈. 지금도 자주 가는 교보문고에 내 이름이 쓰인 책이 있으면 좋겠다는 꿈. 이 책을 통해 나는 나의 수많은 꿈 중 하나를 이뤘고, 또 다른 꿈을 꾼다. 나는 영원히 꿈꾸는 어른이 되고 싶다.

잠실 교보문고 가는 길

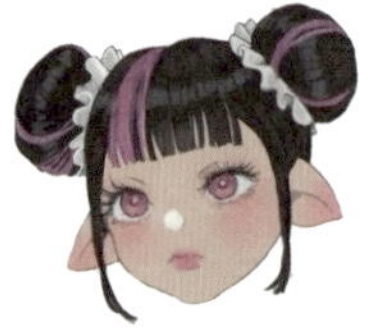

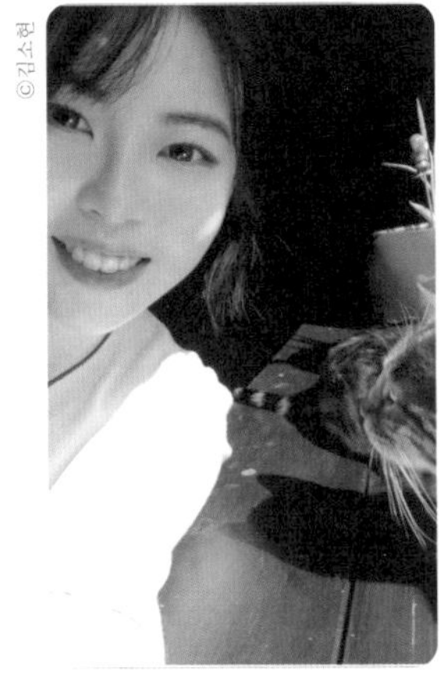

ⓒ김소현

빈티지 컬러와 트렌디한 스타일을 좋아하는 일러스트레이터. 감성적이고 매력적인 인물 일러스트 위주로 작업한다. 굿즈와 보드게임 캐릭터도 제작하며 활동 반경을 넓히고 있다.

# 무심한 발걸음에 닿은 마음



오늘도 정신없고 바쁜 하루. 아직 점심시간도 되지 않았는데 벌써 한숨을 백 번쯤은 쉰 것 같다. 아, 짜증나……. 예전엔 입 밖으로 내본 적 없는 부정적인 말들이 어느새 일상 속에 습관처럼 스며들었다. 무어라 말하기 힘든 우울감으로 그림 작업도 더디기만 했다. 내가 정말 좋은 작가이긴 한 걸까. 자존감은 점점 바닥으로 가라앉았다. 어디든, 나를 평안하게 해줄 곳이 필요했다. 나는 주섬주섬 가방을 챙겨 문득 떠오른 그곳, 작은 독립서점《책방주의》로 향했다.

다른 그림작가들은 어떤 식으로 작업을 하는지 나는 잘 알지 못한다. 혼자 생각하고, 혼자 떠올리고, 혼자 그리는 일. 그래서 그림은 때때로 외롭다. 나는 왜 하필 이렇게 외로운 직업을 선택했을까. 그림 속 나의 주인공

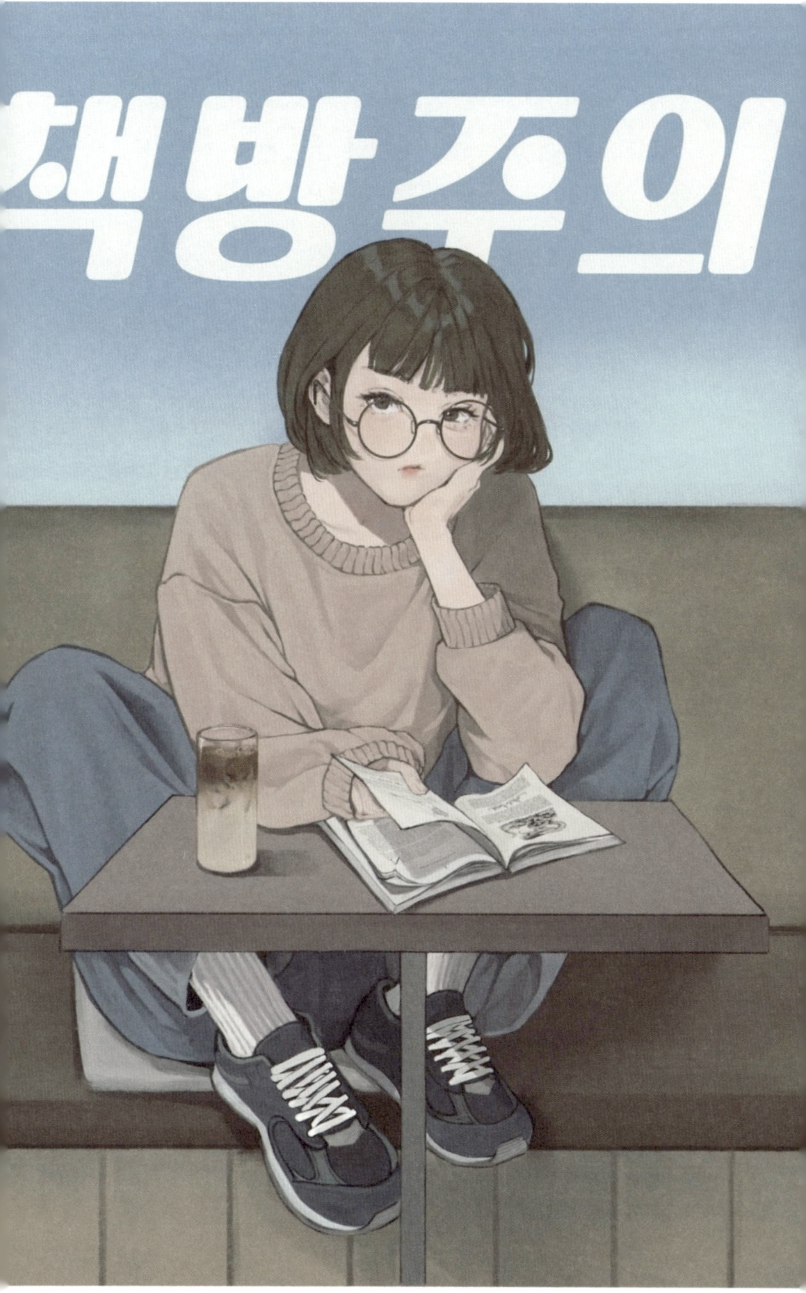
책방주인

들은 당차고 야무진 얼굴로 잘 웃고 있는데, 막상 그 그
림을 그리는 나는 왜 그들처럼 잘 웃지 못할까. 아무래
도 무작정 나온 이 서점 산책길에서 오래된 우울감을
좀 떨쳐야겠다.

《책방주의》는 언제나처럼 아늑하고 조용하다. 그리
고 따스하다. 곳곳에서 온기가 감돈다. 조그만 독립서
점이 좋은 건 누군가의 취향이 오롯이 드러나 있기 때
문이다. 굳이 알려 하지 않아도, 가만가만 속살을 내보
이는 주인의 미소 같다. 서점 안엔 작고 네모난 테이블
이 몇 개 놓여 있다. 조금 쉬었다 가, 지쳐 보여. 마치 그
런 말을 들은 느낌이다. 가방을 내려놓기 전에 일단 커
피부터 주문해야지. 나는 책방지기에게 다가갔다.
　"커피 좀……"
　커피 한 잔 주문하는 데에도 이토록 조심스러워진다.
커피를 기다리며 나는 서점 한쪽에 놓인 예쁜 문구 매
대로 다가갔다. 어느 작가는 이런 굿즈들을 만들었구
나. 내 손을 거쳐 만들어진 굿즈들은 지금 누구의 손에
있을까. 사랑받고 있을까. 조물조물 오래 만져서 태어
난 굿즈들인데. 나는 《책방주의》의 아기자기한 문구들

을 오래 바라보았다. 일러스트레이터가 된 이후로는 이
렇게 소소한 물건들도 한참을 보게 된다.

그러다 누군가의 손글씨가 담긴 작은 종이와 연필 한
자루를 발견했다. 누구나 자유롭게 책 속 마음에 드는
문장을 필사할 수 있는 공간이었다. 나도 모르게 연필
을 잡았다. 어릴 때 글씨 쓰는 걸 참 좋아했는데. 어느
순간 잊었던 마음이 되살아났다. 나는 다시 어린 내가
된 듯한 수줍은 마음으로 연필을 쥐고 한 글자 한 글자
천천히 써내려갔다.

'텅 비어 있어서 더 충만하고, 불완전한 덕분에 더 아
름답다. 나답게 산다면 그걸로 충분하다.'

노자의 말이었다. 마음이 유난히 힘든 시기마다 나에
게 위로가 되었던 문장. 문장을 써 본다는 것, 참 별것
아닌데. 그런데도 연필을 쥔 손에 힘이 꾹 들어간다. 나
는 아마 이 문장을 더욱 마음에 욱여넣고 싶은 모양이
었다. 그런 생각을 해서인지 훨씬 더 깊숙이 마음에 새
겨지는 기분이었다. 신기하게도 말이다.

카페라테 한 잔을 손에 쥐고 커다란 창문 앞 테이블

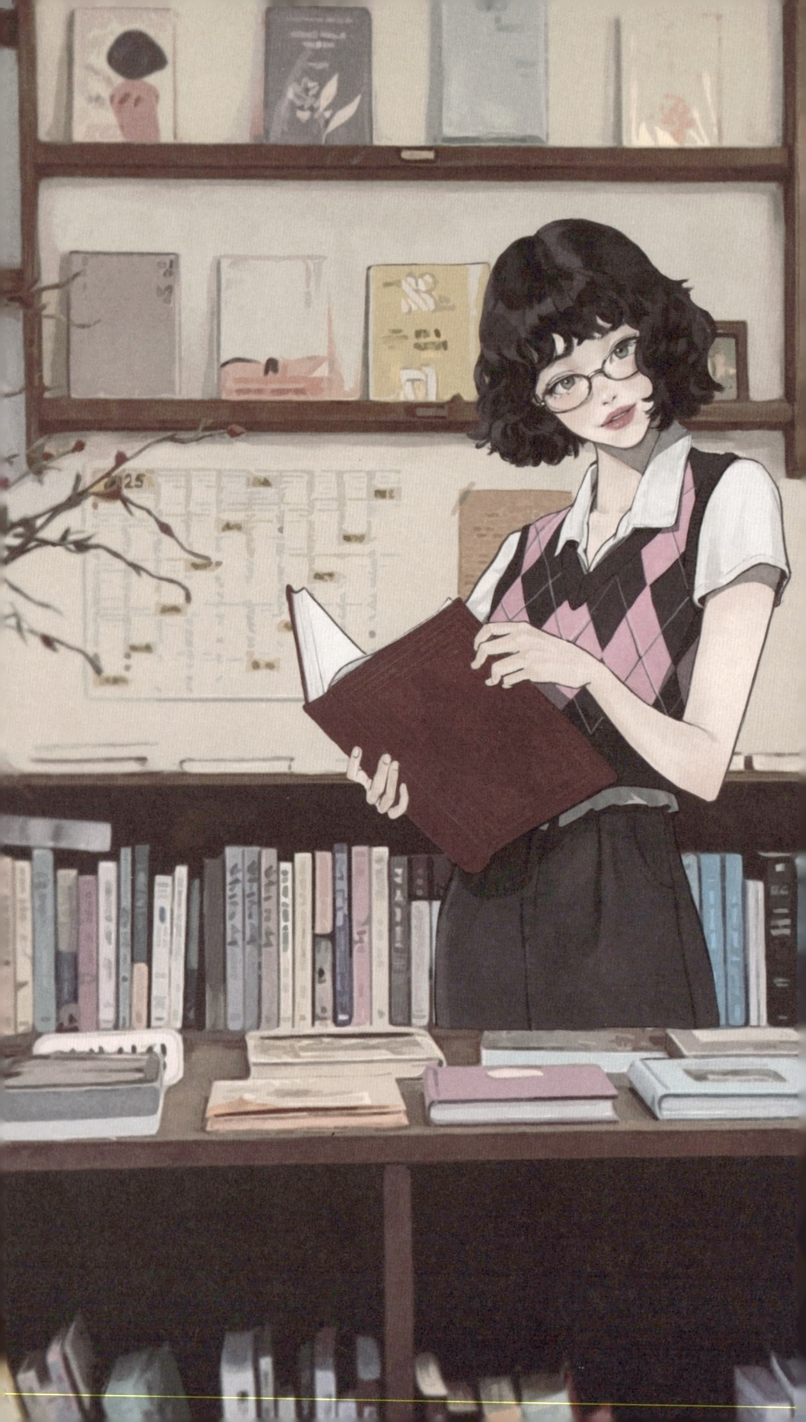

에 앉았던 나는 책방지기에게 조용히 다가갔다.

"혹시…… 책방 사진을 좀 찍어도 괜찮을까요?"

책방지기는 살짝 당황한 기색이었다.

나는 말을 이었다.

"그림을 그리고 싶어서요. 이 책방을요."

용기 내어 한 내 말에 책방지기는 미소를 지었다.

"그럼요. 당연하죠. 편하게 하세요."

그제야 안도의 숨을 내쉴 수 있었다. 짧은 대답, 짧은 미소. 고작 그것에 잔뜩 긴장했던 내 마음이 스르르 풀리는 느낌이었다.


그림 속 내 주인공들이 나에게 말을 건다. 거봐, 넌 잘할 수 있다니까. 우리를 이렇게 웃는 사람으로 그려주면서, 네가 웃지 못한다는 게 말이 돼? 정말 그런 목소리가 들리는 것 같았다. 한동안 집 안에 처박혀 우울에 시달렸는데, 카페라테 한 잔과 작은 서점, 그리고 그림 속 나의 주인공들이 이렇게 전해주는 위로라니. 나는 코끝이 시큰해졌다.


어쩌면 또 고된 날들을 보내고, 다시 우울해지겠지만,

노자가 텅 비어 있어 더 충만하고 불완전해서 더 아름답다 했으니 오늘은 그 말을 믿어보기로 한다. 그것도 작고 아늑한 이 서점에서.

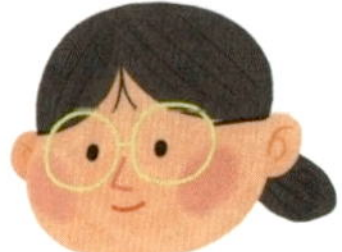

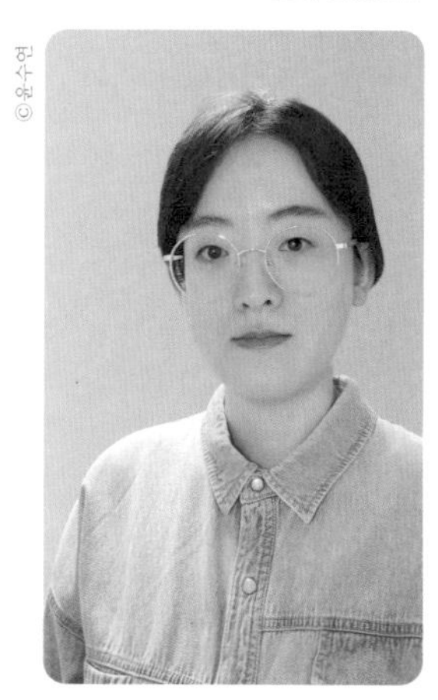



이야기의 끝마다 늘 작은 미소가 머무는 따스한 세상을 그리고 싶은 일러스트레이터이자 작가. 《짝사랑 그리고 혼잣말》, 《혼자 노는 기록》, 《냄새 수집가 메리》, 《내 귀 어디 갔어?》를 쓰고 그렸다.

# 책들이 속삭이는 아늑한 서재



상큼한 레몬, 《회전문서재》의 첫인상이었다. 볕이 좋아서였을까? 낮은 채도의 거리에서 유달리 쨍한 노란빛 외벽에 초록 줄무늬 지붕의 서점은 마치 골목의 장난꾸러기 같았다. 서점은 홀로 귀여움을 잔뜩 뽐내고 있었다.

이 귀여운 책방의 문을 열고 들어가기 위해서는 사전 예약 때 안내 받은 비밀번호가 필요하다. 회전문 서재는 무인 서점으로, 다소 생소한 입장 절차가 필요했는데 주인 없는 가게의 비밀번호를 누르고 들어가는 경험은 처음이라 키패드를 터치할 때부터 나는 살짝 긴장했다. 입장료를 내긴 하지만 책을 구매하면 그만큼 할인 받을 수 있다.

문을 열자 잔잔한 음악이 공간을 채우고 있었고, 어

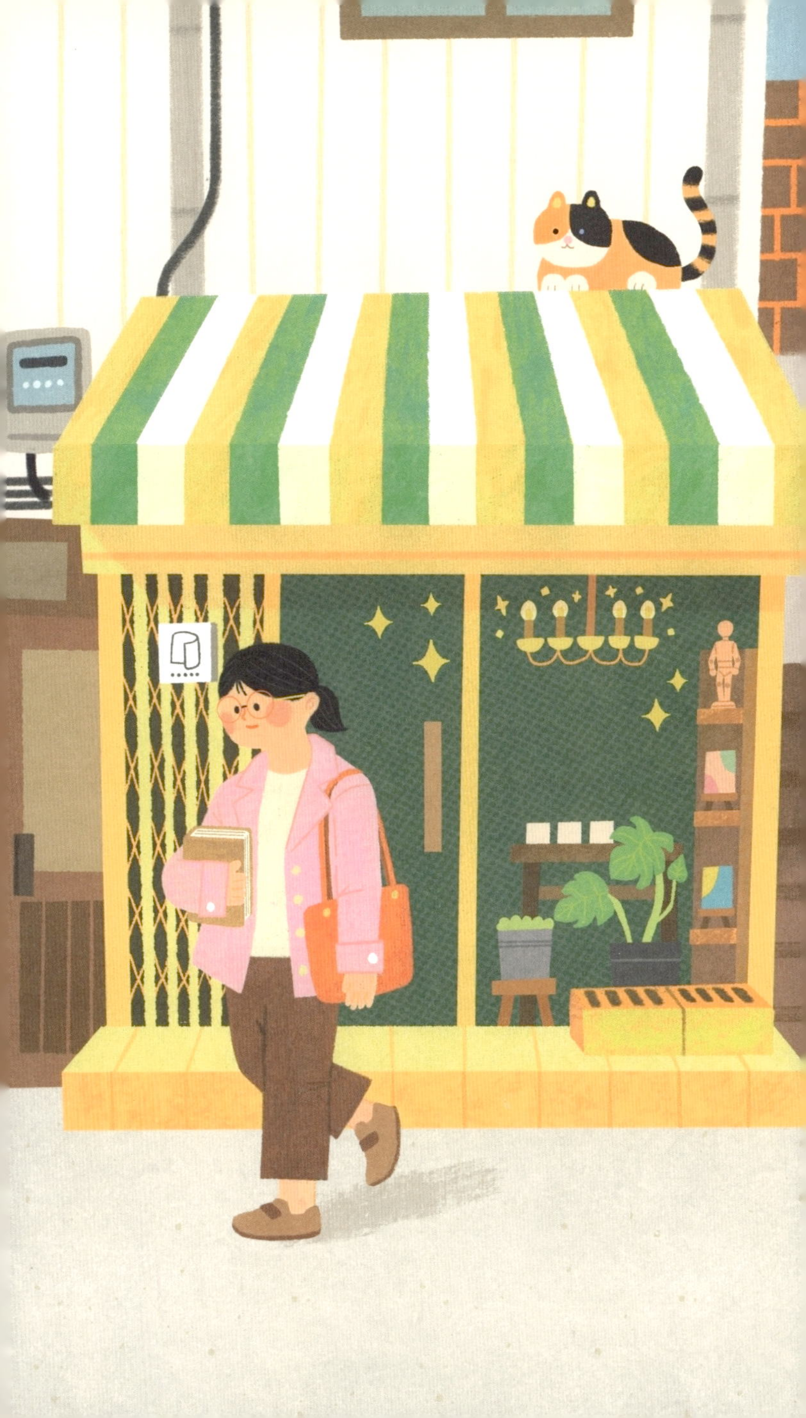

두운 녹색 벽과 은은한 주황빛 조명이 목재 가구들과 근사하게 어우러져 서점 주인의 안내가 없어도 어떤 무드로 이 공간을 즐길 수 있을지 금세 알 수 있었다. 출입문을 닫는다고 해서 거리의 소음이 완전히 차단되지는 않았지만, 신기하게도 마치 바깥세상과 단절된 느낌이 들었다. 밖에서는 어둑해 보였던 내부가 안에 들어오자 달랐다. 햇빛이 환하게 드리운 골목길이 커다란 유리창으로 쏟아질 듯 보였다. 비밀스러운 방 안에 들어온 느낌이었다.

제일 처음 눈길이 머문 것은 귀엽기 그지없는 미니 북 코너였다. 눈에 잘 띄는 한편에 작은 전시장처럼 작품들이 진열되어 있었는데, 손바닥보다 작은 책에 글과 그림이 빼곡했다. 아이디어가 번뜩 떠오른 순간의 짜릿한 설렘과 상상을 현실로 가지고 오기 위한 한 사람의 진득한 성실함이 만든 결과물일 것이다. 손수 종이를 자르고, 접고, 붙이는 수작업 미니 북의 특성상 조금은 울퉁불퉁 투박한데, 작가의 손길과 정성이 드러나 더 마음이 갔다.

미니 북만 한참을 구경했는데 금방 30분이 지나갔다.

미소 짓는 양말이 그려진 초록색 바탕의 꼬마 책을 집에 데려가기로 마음먹고, 1시간 정도 더 머무르기 위해 '시간 연장 테이블' 메뉴를 함께 구매했다. 시간 연장 테이블을 구매하면 차 한 잔과 쿠키를 꺼내 먹을 수 있다. 티포트에 직접 물을 끓인 후 향긋한 귤차를 찻잔에 우리는 동안 책장에 꽂힌 책들을 살펴보았다.

서점지기가 먼저 읽어본 샘플 북들이 함께 꽂혀있었는데, 곳곳에 형광펜으로 그어놓은 밑줄과 인덱스 라벨을 붙인 페이지들을 따라 읽어보는 것도 재미였다. 다른 사람은 어떤 문장에서 줄을 긋고 스티커를 붙이기 위해 독서를 멈추었을까 생각해 보며, 잠깐 나도 같은 장에 멈춰서 활자들을 눈에 담아본다.

벽을 가득 메운 책장 칸마다 결 다른 책들이 빽빽하다. 나는 산문집만 읽는 지독한 책 편식자라 큰 서점이었다면 관심 없는 코너에는 애초 근처도 가지 않았을 텐데, 이렇게 손만 뻗으면 닿을 곳에 여러 분야 책들이 옹기종기 모여있으니 조금은 더 친근하게 느껴졌다. 덕분에 익숙하지 않은 장르의 책을 꺼내 보는데도 어색하지 않았다.

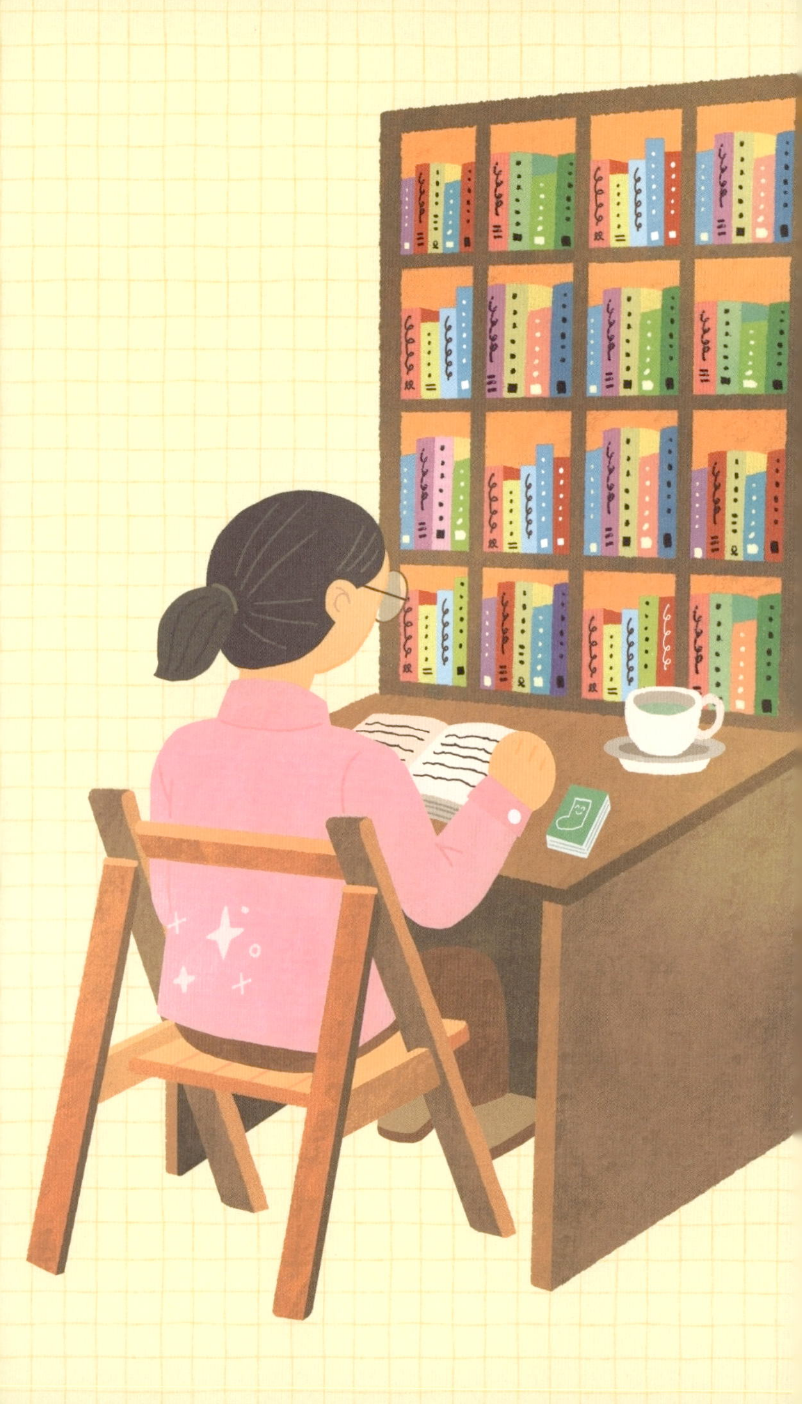

소설에 손이 갔다가 인문학 책을 펼쳤고, 그림책을 감상하다가 경제학 책을 뒤적거린 후 마지막엔 파김치가 일상을 이야기하는 재미난 만화를 읽기 시작했다. 그러다 보니 어느새 연장한 시간마저 끝나가고 있었다. 책을 보느라 깜빡했던 귤차를 서둘러 마시며 1시간 반 남짓 머물렀고, 곧 떠나야 할 서점을 한 번 더 천천히 둘러보았다.

사실 나는 요즘 새로운 그림 이야기를 몇 주째 구상 중이지만 도무지 와닿는 주제가 없어서 고민만 더하는 나날을 보내고 있었다. 온갖 단어들이 머릿속에 널브러져 과장 좀 보태자면 정신이 흐릿해질 지경이었다.《회전문서재》를 찾은 이유도 그 답답함 때문이었다. 일상의 언어에서 살짝 비껴가 정제된 단어들로 채워진 공간에 둘러싸여 고요한 시간을 보내니, 머릿속에 엉망진창 흐트러졌던 나의 이야기들도 조금은 제자리를 찾아가는 듯했다.


문을 나서자 삼삼오오 무리 지어 바쁘게 지나가는 사람들로 거리가 소란했다. 은은하게 귀를 간질였던 책방의 멜로디도 뚝 끊기고 요란스러운 오토바이 소리가 들려왔다. 문을 여닫았을 뿐인데 마치 어딘가로 여행이라도 다녀온 것 같았다. 언젠가 뒤엉킨 머릿속을 가다듬고 차향 가득한 적막을 느끼고 싶을 때가 오면 가까운 이 동네 서점으로 다시 여행하듯 놀러 오고 싶다.

회전문서재 가는 길

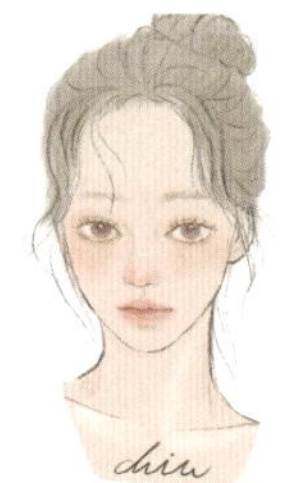

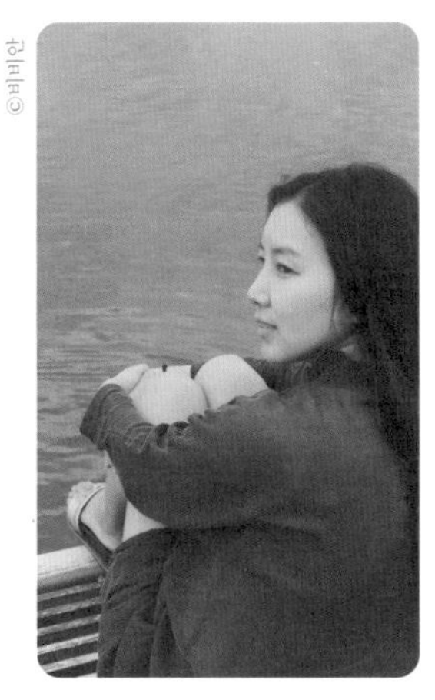

따뜻한 감성의 인물화를 그리는 일러스트레이터. 만화·애니메이션을 전공한 후 프리랜서로 활동하며, 굿즈 브랜드 《CHIUCHIU》를 운영 중. 몽환적인 분위기와 섬세한 표현을 기반으로, 다양한 협업과 아트페어, 전시에 참여했고, 또한 일러스트 및 창작 관련 강의 활동을 병행하면서 시각 예술의 즐거움을 나누고 있다.

# 서점이라는 공간, 그 속의 나

서울_홀로상점

나는 부끄럽게도, 책을 읽는 것보다 책을 사는 일을 더 좋아한다. 말하자면, 독서가보다는 서점 산책자에 가까운 사람이다.

새로운 책이 가득한 서점을 걷는 일은 내게 작은 여행과도 같다. 문을 열고 들어서는 순간, 코끝을 간지럽히는 종이 냄새에 잊었던 기억이 떠오른다. 잉크 냄새, 종이 질감, 그리고 가지런히 정돈된 책들의 컬러는 마치 한 편의 예술 작품처럼 나에게 다가온다. 흰색부터 짙은 청록, 가끔은 금박 표지까지 서점은 색감과 감성의 작은 미술관이 된다.

사실 나에게 서점은 단순히 책을 고르고 사는 곳만은 아니다. 어릴 적, 서점 말고는 이렇다 할 만남의 장소도 없었기에 친구들과의 약속은 언제나 "서점 앞에서 만

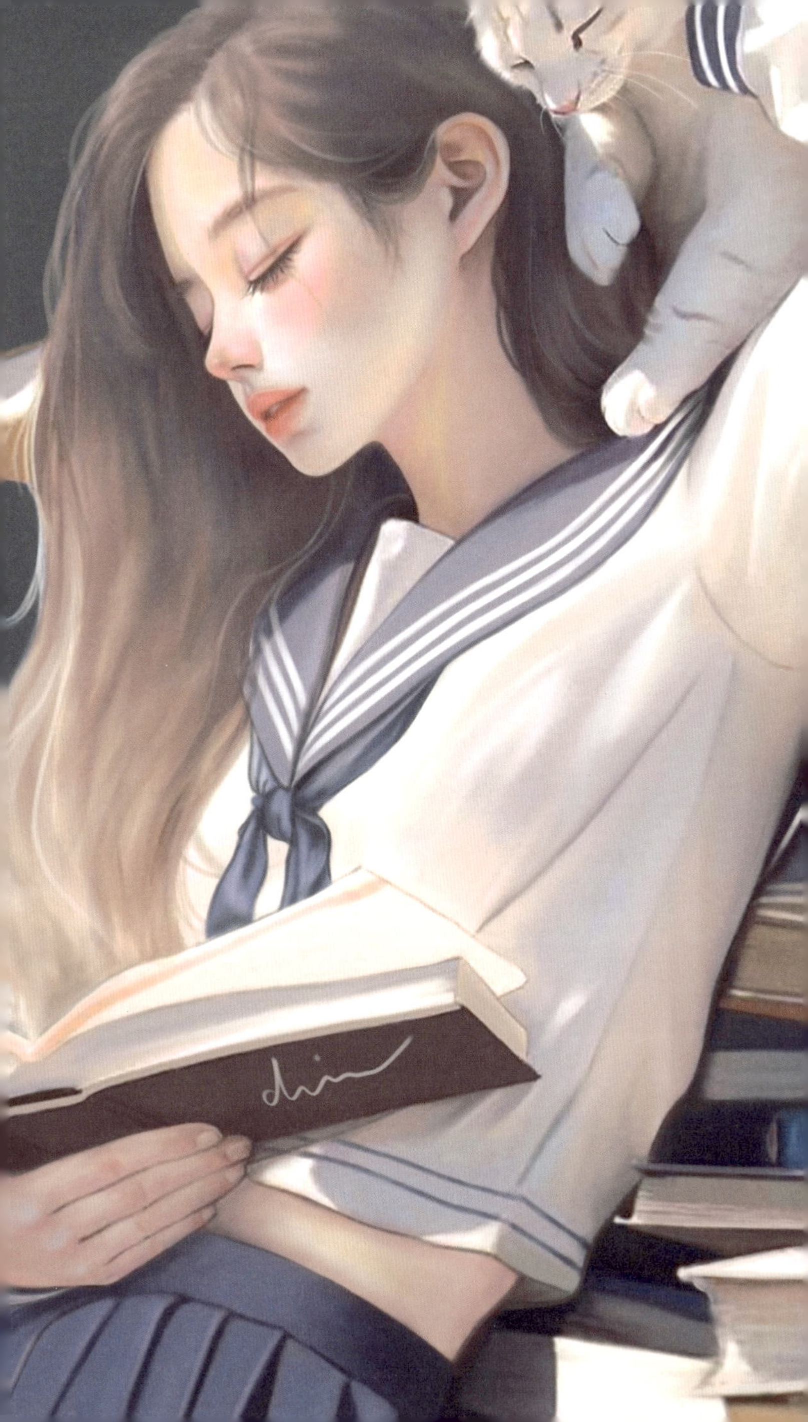

나!"였다. 서점은 누군가를 기다리던 설렘의 공간이었고, 함께 책을 고르며 웃고 떠들던 추억의 장소였다. 그래서인지 아직도 서점에 들어서면 마음 한쪽이 포근해진다. 서점은 나에겐 추억이고, 약속이었다. 시간은 흘렀고, 장소도 바뀌었지만 서점을 향한 내 마음만은 그때 그대로다.

사실 읽지 않아도, 그저 바라보고만 있어도 좋은 책이 있다. 나에게도 그런 책이 한 권 있다. 얼마 전, 식물에 푹 빠졌을 때 우연히 《취미는 식물》이라는 책을 발견했다. 초록빛 식물과 감각적인 사진들이 가득한 그 책에 나는 한눈에 반했다. 결국 나는 그 책을 사 왔고, 지금은 내 방 선반 위에서 조용히 자리를 지키고 있다. 따사로운 햇살 아래에서 그 책을 바라보면 괜히 마음이 풍성해지는 기분이다. 책장을 넘기지 않아도, 그저 거기 있어주는 것만으로도 위안이 되는 책. 식물을 좋아하는 이들에게 이 책은 소중한 선물이 될 수 있을 거라고 나는 확신한다.

베스트셀러 코너를 천천히 훑는 것도 즐겁지만, 나는 오래된 헌책방에서 시간을 보내는 일에도 큰 기쁨을 느낀다. 먼지가 내려앉은 책들 사이를 누비다 누군가의 시간이 고스란히 담긴 한 권을 발견하는 순간, 마치 보물을 찾은 것 같은 전율이 인다.

책은 단지 텍스트의 집합이 아니다. 누군가의 흔적이 고스란히 스며든, 시간의 상자이기도 하다. 그렇기에 나는 책을 산다. 읽기 위해서라기보다는 내 삶의 일부로 들이기 위해서. 책은 때로는 방을 채우는 오브제가 되고, 때로는 내 기분을 비추는 거울이 된다. 서점은 나에게 쉼의 공간이고, 책은 그 안에서 건져 올리는 작은 조각들이다. 그렇게 오늘도 나는 책을 사고, 책을 곁에 두며, 아주 조용하게 행복해진다.


내 그림 속엔 혼자 있는 소녀가 자주 등장한다. 사실 그건, 어쩌면 나 자신이 투영된 모습일지도 모른다. 우리는 모두 혼자다. 사랑도, 상처도, 기쁨도 결국은 각자의 몫이다. 누군가와 함께 웃고 울더라도, 마음 가장 깊은 곳은 스스로 껴안아야만 한다. 그래서 나는 혼자인 인물들을 그린다. 그림 속 소녀들은 혼자지만 외롭지않다. 따뜻하게 스스로를 안아주는 존재다. 나는 바란다. 내 그림을 보는 누군가가 그 속에서 위로받고, 치유하

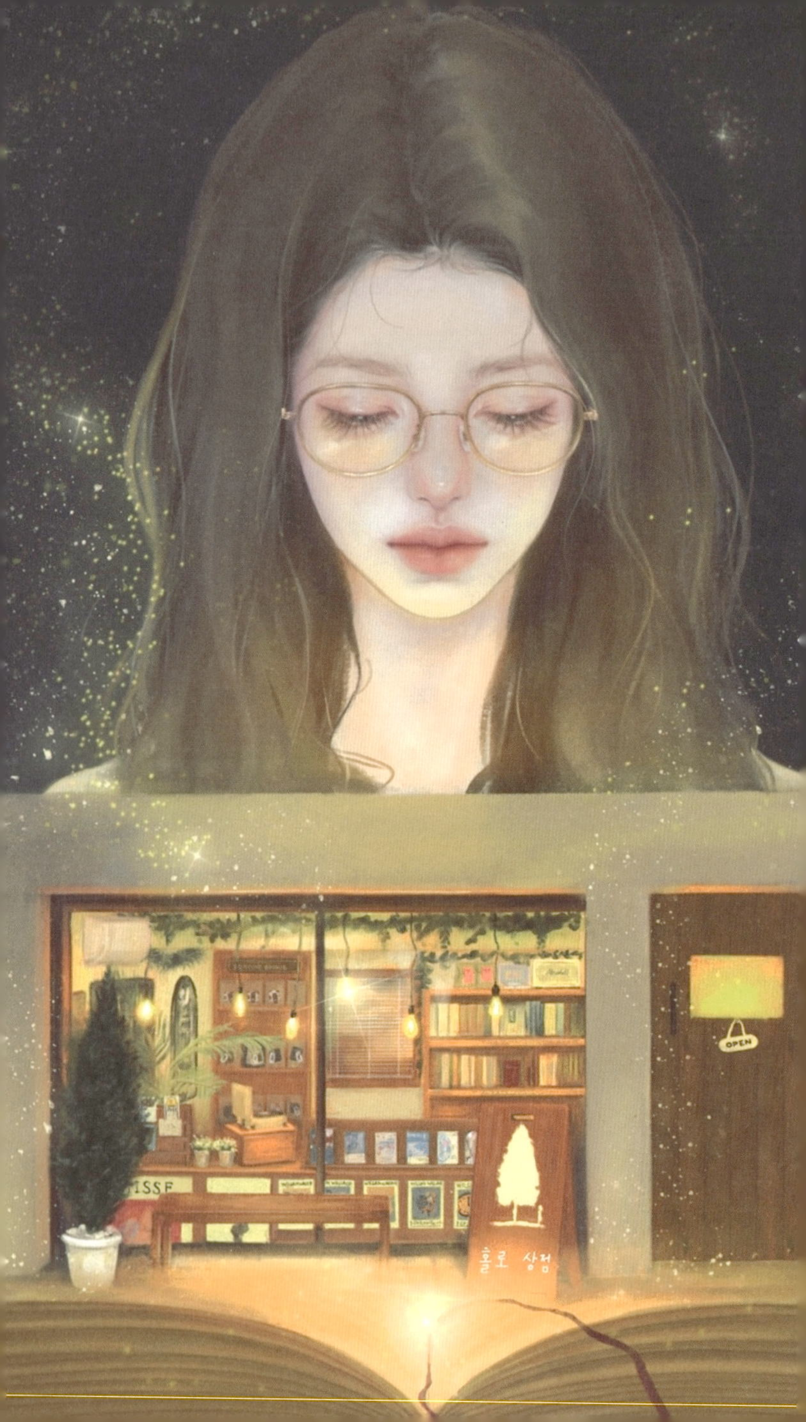

OPEN
홀로 삼림

고, 작은 행복이라도 느끼기를.

얼마 전, 《홀로상점》이라는 독립서점을 찾았다. 《홀로상점》은 동화같이 예뻤다. 신기하게도 그곳은 나의 그림과도 같았다. 조용하고, 따뜻하고, 혼자지만 외롭지 않은 공간. 서점에 들어섰을 때, 마치 그림 속으로 들어간 듯한 기분이 들었다. 낯선 곳이었지만 마음은 편안했다. 누군가 곁에 있지 않아도, 오히려 나와 마주하는 시간이 소중하게 느껴졌다. 그리고 나는 그곳에서 위로받고, 치유되었다. 서점 안에는 책뿐만 아니라 사장님이 직접 만든 소품들이 하나하나 정성스럽게 놓여 있었다. 말 없는 물건들이지만, 그 안에 담긴 마음이 조용히 전해지는 듯했다.

이 서점에는 아주 특별한 공간이 있다. 바로, 혼자만을 위한 고요한 방이 마련되어 있다는 것. 그 공간의 이름은 《홀로서재》다. 예약을 해야만 이용할 수 있는 《홀로서재》는 책을 읽고, 글을 쓰고, 그림도 그릴 수 있는 작은 휴식과 소소한 위안이 필요할 때 찾는 공간. 세상과 거리를 두고 나 자신과 단둘이 만나는 고요한 방이었다.

그 짧은 머묾 속에서 나는 묵묵히 나를 안아주는 법을 다시 떠올렸다. 《홀로상점》은 혼자인 이들을 위한 작은 안식처 같다. 그래서 더 특별하다. 나는 그런 따뜻한 공간을 그림으로도 만들어가고 싶다. 그래서 오늘도 나는 고요함 속에서 나를 그리고, 책과 함께 잠시 숨을 고른다.

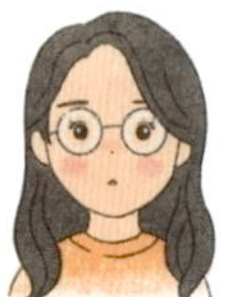

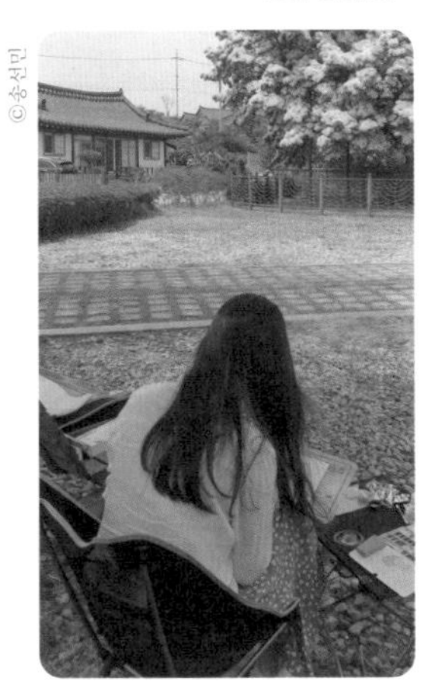

아날로그 수채화와 디지털 드로잉으로 일상 속 따스함을 그리는 일러스트레이터.《마음까지 물들이는 어반 수채화 컬러링북》,《땡란의 동화마을 수채화 컬러링북》을 출간했고, 지브리 스튜디오 원작 실사 영화《귀를 기울이면》포스터 작업 등 다양한 외주 프로젝트를 진행했다. 다수의 개인전과 현대백화점 팝업 전시, 현대백화점 초청 클래스 등 다양한 활동을 통해 그림을 선보이고 있다.

# 외로움을 이겨내는 방법

세종_단비책방

청소년 시절, 나는 꽤 외로웠다. 외로움을 이겨내는 방법을 몰랐던 나는 매일 학교 도서관에 숨어들었다. 10분 남짓한 쉬는 시간에도, 점심시간에도. 혼자여도 괜찮다는 마음을 느끼게 해준 유일한 공간이었다. 책은 친구이자 내게 용인된 위로였고, 그곳은 내가 편히 숨을 수 있는 작은 공간이었다. 성인이 된 후에는 사회생활을 핑계로 책과 멀어졌지만, 여전히 짬이 나면 집 근처 대형서점에 들렀다. 책장 앞에 서 있으면 책에 둘러싸인 느낌이 좋았다. 키보다 높은 책장을 올려다볼 때 느끼는 위압감조차 이상하게 위안이 되었다.

그러던 어느 날, 동네 독립서점에서 그림책 모임을 연다는 안내문을 보았다. 그때까지만 해도 그림책은 내게 낯선 분야였지만, 왠지 모르게 마음이 이끌렸다. 그렇게 참석한 그림책 모임은 내 삶에 아주 소중한 전환점이 되었다. 원래 5회로 끝낼 예정이었던 그 모임은, 서로를 아무런 편견 없이 받아들이는 시간 속에서 자연스레 이어졌다. 한 달에 한 번씩 서점에 모여 그림책을 함께 읽고, 느낀 점을 나누고, 마음속 깊은 이야기를 주고받으며 내 안의 어린 나를 마주하며 안아주는 시간이 되어갔다.

당시 나는 미대 진학을 포기한 상실감으로 오랫동안 그림을 멀리하고 있었다. 하지만 그들의 따뜻한 지지와 위로 속에서 다시 시작할 용기를 낼 수 있었다. 무엇보다 그들을 만나게 해준 것이 바로 서점이라는 공간이었다. 책과 서점, 그리고 그 안에서 나눈 대화들로 나는 내 마음을 한없이 내보이고 또 받아들일 수 있었다.

그 후 나는 다른 지역으로 이사했고, 우리가 모이던 책방은 여러 이유로 문을 닫았다. 공간은 사라졌지만, 마음속 깊은 곳엔 여전히 그리움이 남아있다. 어쩌면 많은 독립서점이 지금도 그렇게 조용히 사라지고 있는지도 모른다. 나는 지금도 여전히 나만의 책방이 필요

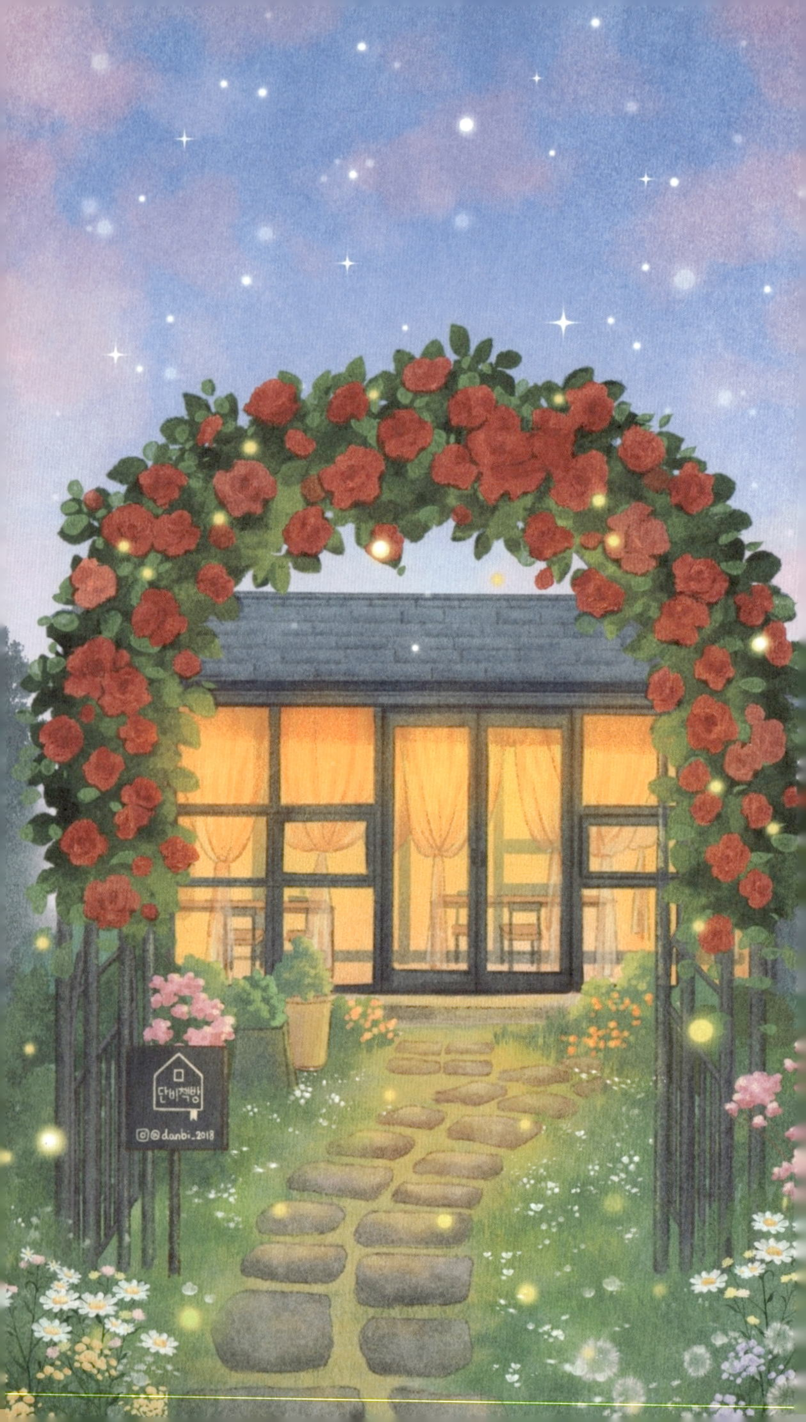

단비책방
@danbi_2018

하다. 자주 가지 못해도 괜찮다. 지쳐 있을 때 언제든 품에 안길 수 있는 위로의 공간이 있다는 것만으로도 마음이 놓인다.

그렇게 알게 된 서점이 바로《단비책방》이었다. 세종 외곽 조용한 시골에 있는 단비책방은 정말 아름답다. 정성스레 가꾼 정원과 나무, 아기자기한 외관, 마당을 돌아다니는 강아지 체리까지 크고 작은 모든 것에 주인의 손길이 오롯이 닿아 있다. 진눈깨비가 흩날리던 첫 방문 날, 통창 너머 펼쳐진 논밭 풍경과 책방 안의 따뜻함, 그날의 공기와 감정은 지금도 생생하다. 이 책방은 아마 방문하는 모든 이에게 로망 같은 공간이 아닐까 싶다.

사장님은 20년 가까이 도서관 사서로 일하다 이곳으로 이주해, 남편과 함께 단비책방을 시작했다고 한다. 이상과 현실이 어우러진 이 공간에서 요즘 무척 행복하다는 말이 오래도록 마음에 남았다.

특별한 순간도 있었다. 책장을 둘러보다가 내가 출간한 컬러링북이 서가에 꽂혀있는 걸 발견한 것이다. 반

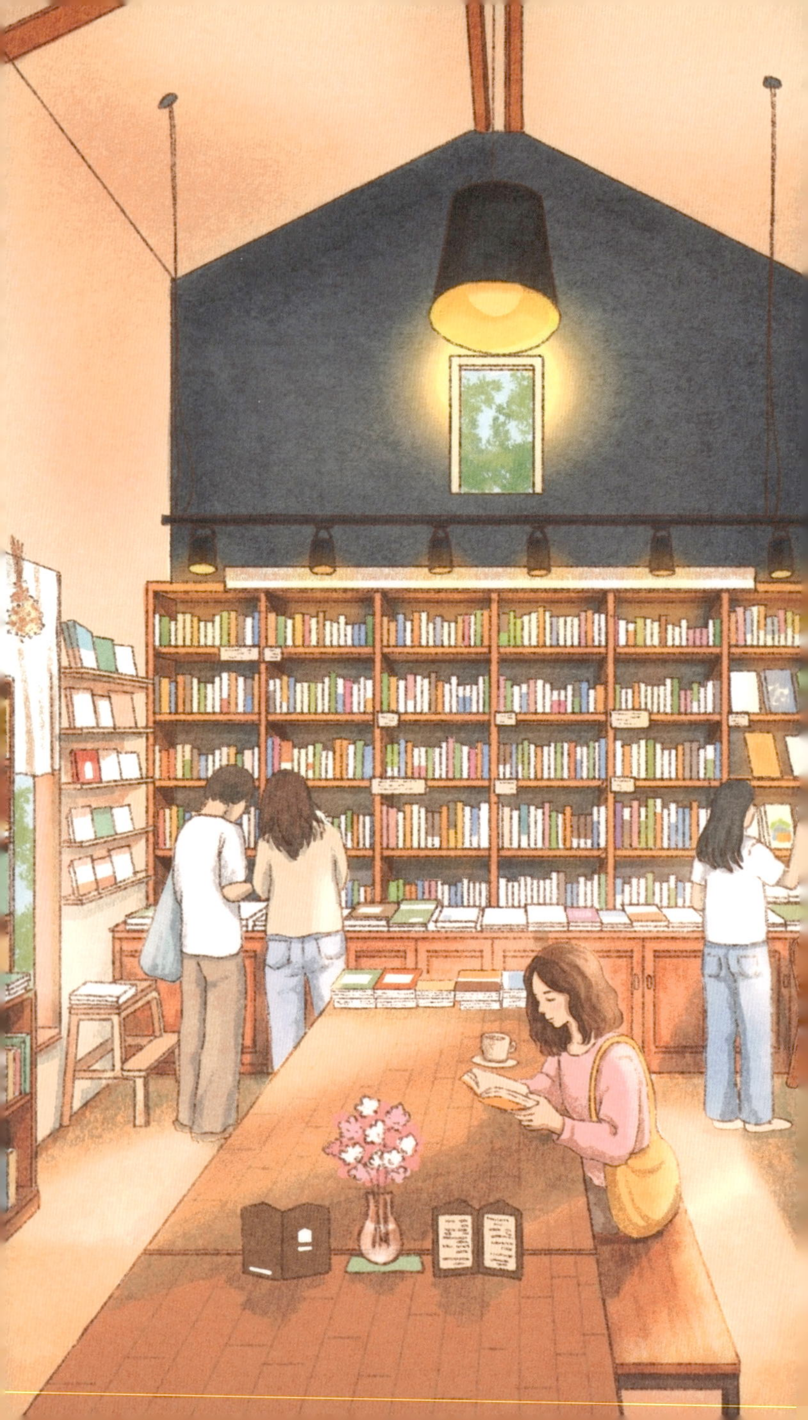

가운 마음에 책을 품에 안고 사장님께 인사를 드렸고, 책에 사인을 남겼다. 작은 동네 서점에서, 그것도 컬러링북이라는 드문 장르의 내 책을 발견할 확률은 높지 않다. 그 책이 이토록 따뜻한 공간에 있다는 사실만으로도 나에겐 큰 기쁨이자 위로였다.

나에게 책과 서점은 그런 존재다. 삶이 고단하고 마음이 흔들릴 때, 조용히 들어가 숨 고를 수 있는 나만의 작은 피난처. 여러분에게도 그런 의미의 공간이 있을까?

단비책방 가는 길

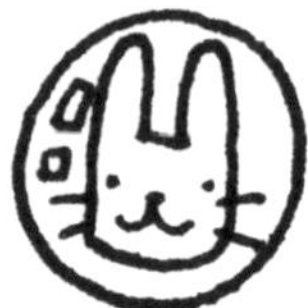

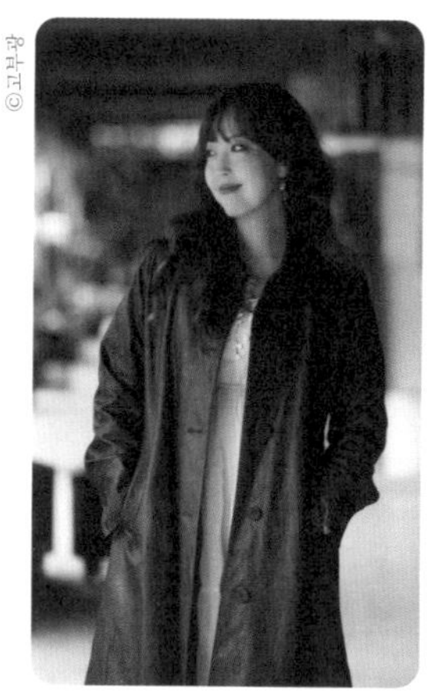


외로운 달토끼의 그림을 그리고 그림책을 만들면서 디자인학과 겸임교수로 일하고 있다. 뉴욕 Writers House LLC 소속 일러스트레이터. 전시활동과 함께 Harper Collins, Scholastic Books 출판사에서 《Rabbit Moon》, 《Wide-Awake Bear》 등의 그림책을 출판했다.

# 위스키와 커피, 그리고 소설가의 오후

서울_소설가의 오후

작업실에서 나와 10분쯤 걷다 보면 아기자기한 카페와 학원, 갤러리들이 섞여 있는 작은 골목이 나온다. 방배동답게 이것저것 혼재하지만 또 얼핏 보면 꽤 예쁜 거리다. 그 끝에 다다를 때쯤 마치 그냥 지나쳐주길 바라기라도 하는 듯, 작은 입간판만이 조용히 앞을 지키고 선 서점이 있다. 천천히 걸어야만 발견할 수 있는 행운 같다. 이 공간은 《서쪽의 에덴》을 쓴 신현의 작가가 연 서점 《소설가의 오후》다.

소설가를 메인 테마로 한 소설 전문 서점인 이곳은 안락한 소파와 조명이 있는 카페 같기도, 서점 같기도, 혹은 멋진 바 같아 보이기도 하는데 결국 이 모든 것이 맞다. 세 개쯤 되는 테이블에는 따뜻한 빛을 내는 조명들을 놓았고, 붉은 벽돌 벽에는 고전 거장들의 흑백 사

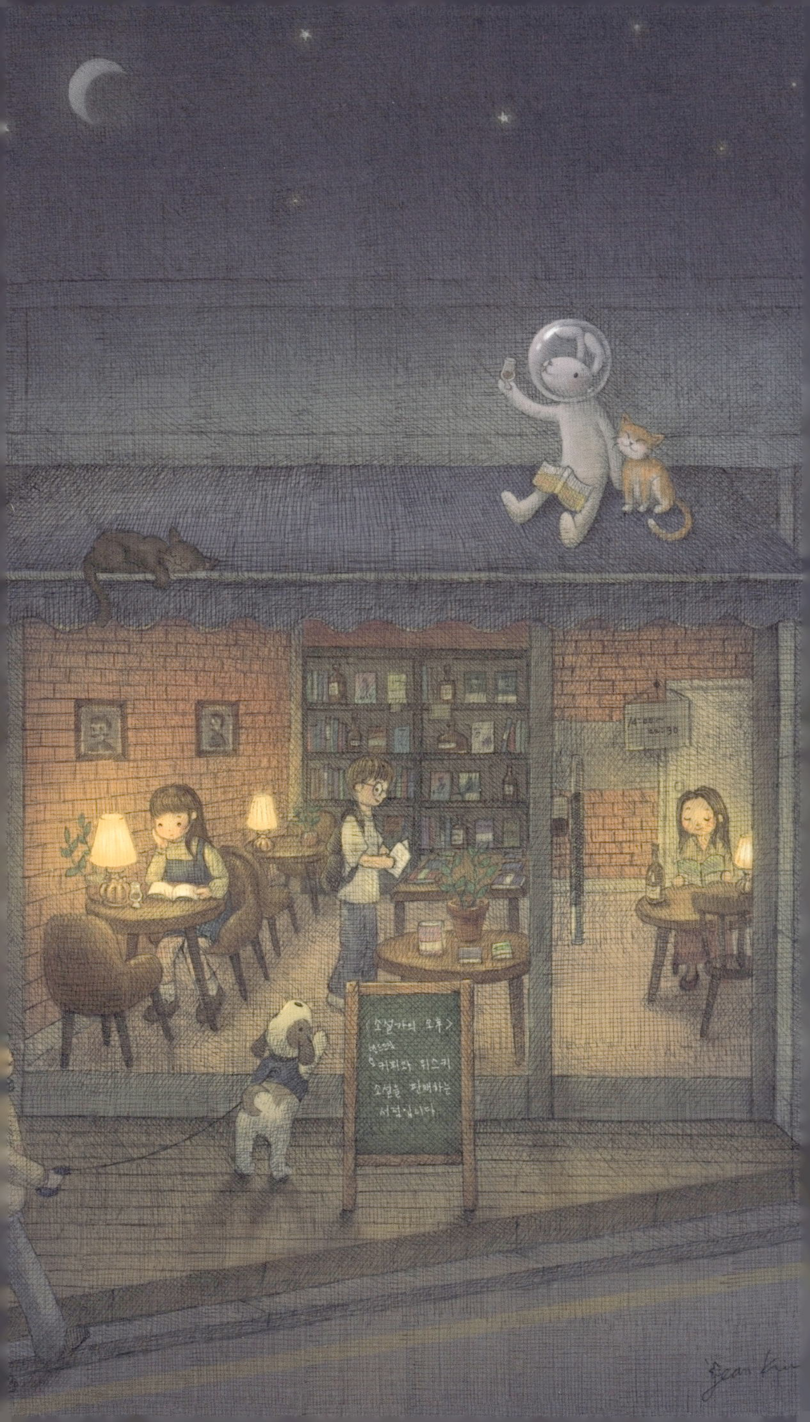

〈소설가의 오후〉
펴낸이
6 커피와 위스키
소설을 판매하는
서점입니다

진을 전시했다. 책장에는 작가의 취향이 담긴 책과 위
스키가 가득한데, 신현의 작가의 소설도 그 속에 있다.

빈티지 타자기가 그려진 메뉴판에 쓰인 것처럼 서점
의 모든 것은 소설가와 관련이 있다. 소설가의 이름을
딴 핸드 드립 커피, 소설가가 좋아한다는 음악이 흐르
고, 소설가가 좋아하는 위스키 메뉴가 있다. 찰스 디킨
스가 좋아한 글렌리벳, 루이스 스티븐슨이 좋아한 탈리
스커, 스티븐 킹이 좋아한 와일드 터키 같은 식이다. 그
래서 《소설가의 오후》에선 거장들이 좋아한 위스키를
맛보며 독서를 할 수 있다. 위스키 한 잔을 하며 조용히
책을 읽을 수 있다니 작업실에서 도망쳐 나온 나같은
술꾼에게 이보다 더 반가운 곳이 있을까. 또한 책 읽는
공간이라 와이파이를 지원하지 않는다는 점도 어쩐지
이 공간이 나와 내 휴대폰을 잠시 쉬게 해주는 것만 같
아 편안하다.

아무 말 하지 않아도 좋은 공간 속, 책장과 책장 사이
그 보일 듯 보이지 않는 공간에는 신현의 작가의 숨은
작업 공간도 있다. 어딘가 수줍어 보이는 작가는 조용

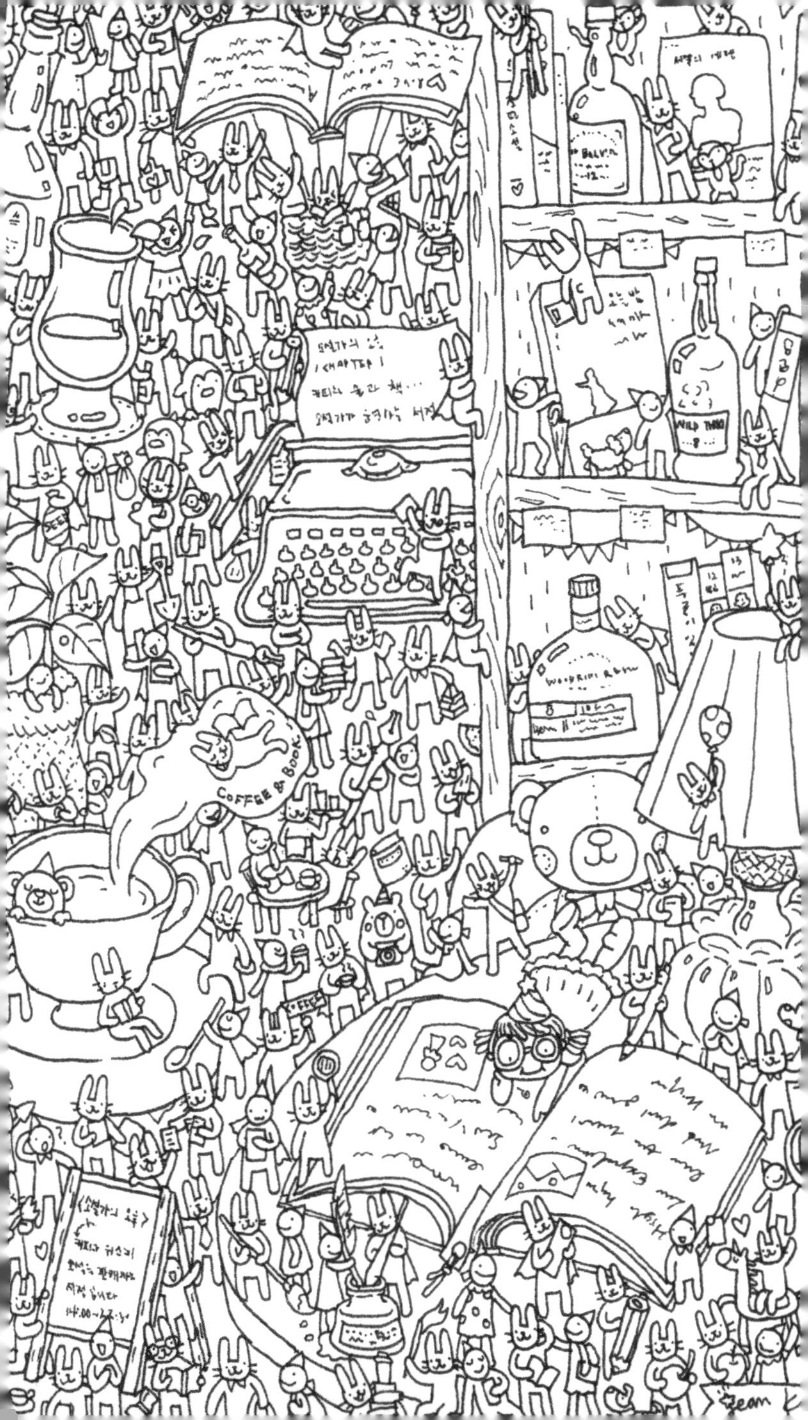

히 작업을 하다가 내가 무슨 책을 골라야 할까 고민하다 보면 어느새 곁에 서서 책을 추천해 준다. 차분하게 취향을 묻고 조심스레 추천하는 책들은 이상하게도 그날의 날씨와 잘 어울린다. 함께 내어주는 치즈, 올리브와 함께 위스키를 마시고 책을 읽다 보면 잠시 세상을 잊은 것 같은 기분이 들기도 한다.

어릴 적 내 기억 속 엄마는 늘 책과 함께였다. 학교에서 돌아오면 소파에서, 식탁에서, 마루에서 항상 책을 읽고 있었다. 동네 작은 도서관에 있는 책을 모두 읽어버려 신문에 소개될 만큼 책을 좋아했다. 그리고 나의 언니도 엄마를 닮아 책을 좋아했는데, 그 덕분에 늘 스토리를 거저 얻어들었다. 어찌나 재미있게 책 이야기를 해주었는지 나중에는 내가 그 책을 읽은 건지, 들은 건지 헷갈릴 정도였다. 그렇게 전해 들은 이야기들은 내 머릿속에서 늘 이미지가 되어 떠다녔고 시간이 지나 정신을 차려보니 어느새 나는 그림책을 쓰고 그리는 사람이 되어 있었다.

엄마는 여전히 책을 좋아하지만 건강 문제로 예전같

지는 않다. 책 내용을 깜박깜박 잊기도 한다. 함께 책 애기를 나누었던 게 언제였는지 이젠 기억도 잘 나지 않는다. 시간이 흐른다는 건, 어른이 된다는 건, 바빠진다는 건 이렇게 아쉬운 일투성이인 것 같다. 하지만 평생 마음속에 담을 소중한 이야기들을 전해준 엄마는 예전이나 지금이나 나의 베프다. 어쩌면 술 취향까지 물려준 것 같은 나의 소중한 베프와 함께 언젠가 《소설가의 오후》에 들러 조용히 커피와 위스키를 한 잔씩 마시며 책을 읽고 싶다.

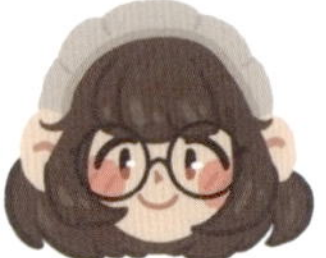

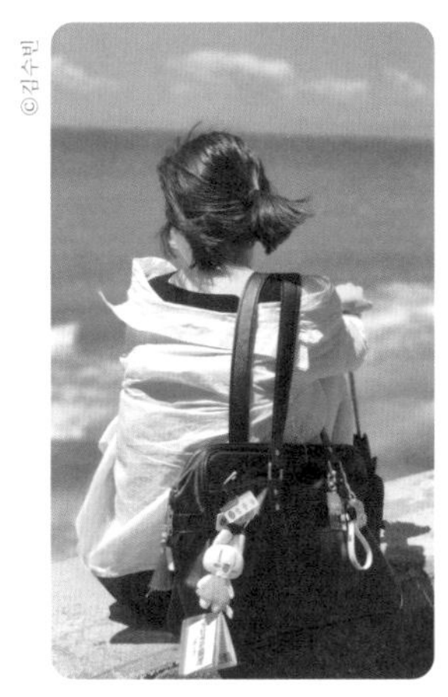


대학에서 회화를 전공하고, 이후 일러스트레이터로 활동하고 있다. 일상의 순간을 꿈결처럼 담아내는 그림을 그린다. Artists In Korea 2024 with pixiv에 그림을 게재했으며, 《시간을 파는 상점 3》 등의 도서 표지 작업 및 각종 교과서에 삽화를 그렸다.

# 무사(無事)를 빌어주는 공간



아직 학생이던 시절 우연히 노래 한 곡을 듣게 되었습니다. 바로 가수 요조가 리메이크 해서 부른 <동경소녀(東京少女)>라는 노래였습니다. 처음 들었을 땐 별생각 없던 노래가 어느 순간 제 귀에 머무르더니 마음속 깊은 곳까지 스며들었습니다. 잔잔하면서도 어딘가 쓸쓸한 피아노 멜로디, 나지막하면서도 담백한 목소리가 어우러진 노래였는데 저는 단숨에 그 노래에 빠지게 되었어요. 넌 왜 지금도 나를 자꾸만 나를 아프게 해……그저 가사 한 줄일 뿐인데도 한 편의 슬픈 영화를 보는 듯한 깊은 여운이 남았습니다. <동경소녀> 원곡도 들어봤는데, 원곡은 조금 다른 분위기였습니다. 리듬감 있는 펑키한 시작이 인상적이었죠. 하지만 저는 요조가 부른 잔잔한 멜로디의 <동경소녀>에 더 끌렸습니다. 쓸쓸하고 애틋한 감정선은 오래도록 여운을 남겼고, 그날 이후 저는 요조의 노래에 푹 빠지게 되었어요.

<동경소녀>라는 곡으로 처음 알게 된 요조. 저는 요조의 음악을 하나씩 찾아 듣기 시작했습니다. 하나하나 들어보면서 깨달은 건, 제가 이미 오래전부터 요조의 음악과 함께 하고 있었다는 거예요. 어릴 적 어디선가 들었던 익숙한 멜로디와 가사가 요조의 곡이었다는 걸 알게 되었을 때, 괜히 웃음이 나고 반가운 마음이 들었어요. 마치 어릴 적 친구를 우연히 다시 만난 듯한 기분이었습니다. 어느 날엔 하굣길에 듣고, 또 어떤 날엔 책을 읽다가 문득 생각나 듣기도 했습니다. 그렇게 요조의 음악은 제 일상의 한 부분이 되었고, 그 시절은 제게 따뜻한 추억으로 남아 있습니다.

몇 년이 흘렀을까. 요조가 독립서점을 열었다는 소식을 접했어요. 왠지 모르게 가슴이 두근거렸고 설레었습니다. 요조의 음악처럼 깊은 감성을 담고 있는 공간일 거라는 기대감이 생겼거든요. 서점 이름은 《책방 무사》. 《책방 무사》는 2015년 서울에서 시작해 2017년 제주로 자리를 옮겼으나, 2025년 4월 마포구 신촌에 다시

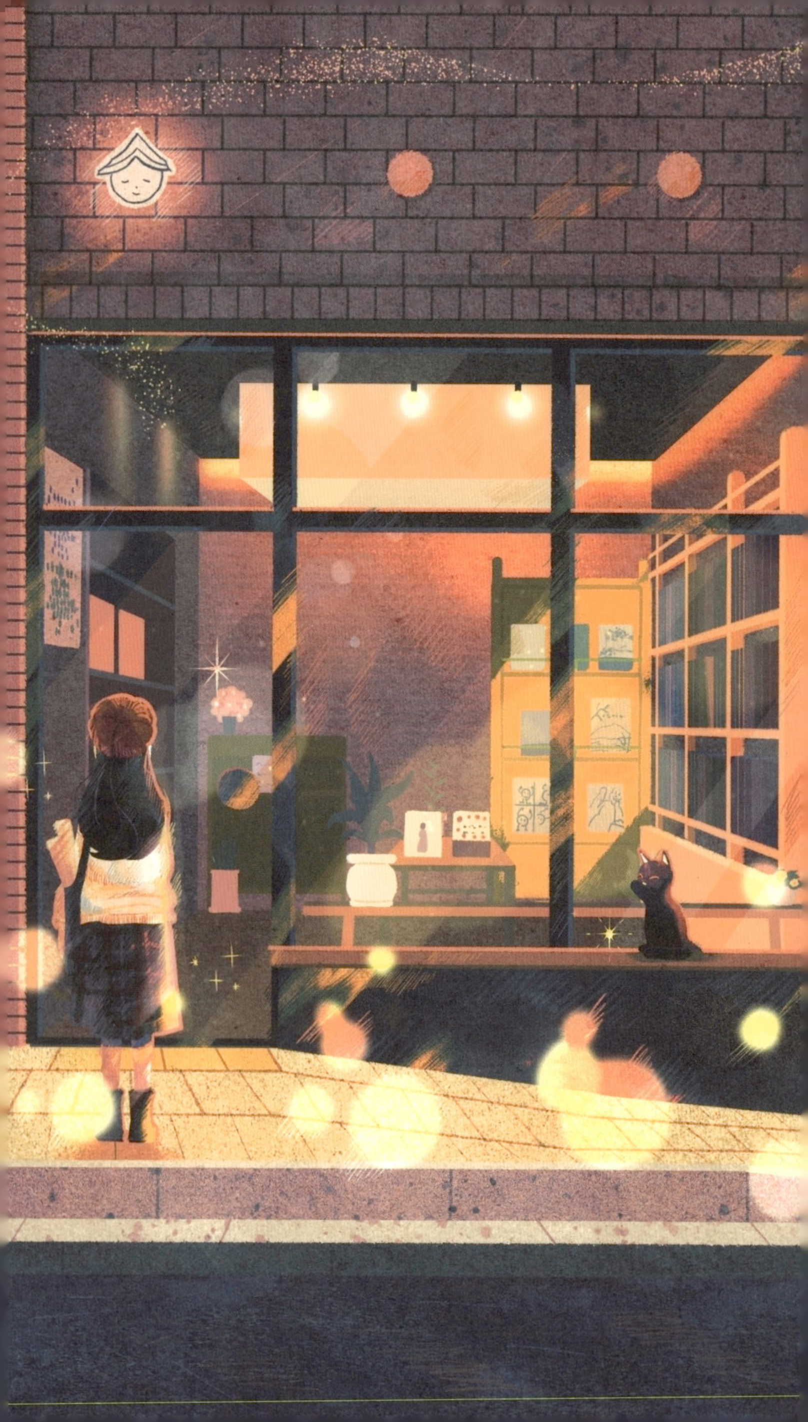

돌아왔습니다. 무사(無事), 아무런 일이 없음. 아무 탈 없이 편안하다는 뜻처럼 그곳은 방문하는 모든 이에게 무사를 빌어주는 마음이 담겨 있는 듯했습니다.

"늘 무사하세요."

이 인사말은 책방에 들어가면 바로 볼 수 있습니다. 커다란 포스터로 붙어 있거든요. '늘 무사하세요'는《책방 무사》의 정체성, 그리고 요조의 생각과 마음을 고스란히 보여주는 것 같았어요. 각박한 세상 속에서 건네받은 이 따뜻한 한마디는《책방 무사》가 단순한 서점을 넘어 사람들의 마음을 보듬어주는 공간임을 느끼게 해주었습니다.

《책방 무사》의 외관은 붉은 벽돌로 지어져 따스하면서도 견고한 느낌을 주었고, 외벽에 달린《책방 무사》의 귀여운 캐릭터 조명 무튼이가 방문객들을 반겼습니다. 내부는 외부 붉은 벽돌과 조화를 이루도록 벽돌 인테리어로 꾸며져 있었습니다. 그 안에는 다양한 색과 질감을 가진 책들이 저마다의 이야기를 품고 조용히 놓여있었죠.《책방 무사》인스타그램을 확인해보니, 작가들을 초청한 북 토크도 활발하게 진행하고 있어 책과 독자가 만나는 소통의 장 역할까지 하는 듯했습니다.

《책방 무사》는 대형서점의 빼곡한 책장과는 달리, 요조의 손길이 느껴지도록 한 권 한 권 정성스럽게 큐레이션 되어 있었습니다. 그 책들이 저에게 말을 걸어오는 듯했어요. 저는 천천히 발걸음을 옮기며 선반을 가득 채운 책들을 둘러보았습니다. 책방의 크기는 크지 않아 책 종류는 적었지만, 오히려 그 점이 아늑한 분위기를 더했어요. 저는 찬찬히 《책방 무사》의 분위기를 느껴 보았습니다. 책장 넘기는 소리와 은은하게 흘러나오는 잔잔한 음악이 공간을 채웠고, 그 순간 저는 세상의 모든 걱정과 소음으로부터 완전히 벗어난 듯 평온해졌어요. 특히 제 눈길을 사로잡은 책은 요조가 직접 쓴 《오늘도 무사: 조금씩, 다르게, 살아가기》였습니다. 책 표지에는 귀여운 무튼이가 그려져 있었죠. 책방을 운영하며 느낀 요조의 생각과 책방 일상이 담긴, 잔잔한 일기 느낌의 책이었습니다. 책을 훑어보던 중 마음에 와닿는 문장이 있었어요.

'책은 좋은 것이다. 독서는 나를 더 나은 사람이 되게 하고 아름답게 한다.'

최근 독서에 게을렀던 제 자신을 돌아보게 되는 순간이었습니다. 바쁜 일상에 쫓겨 잠시 잊었던 독서의 가

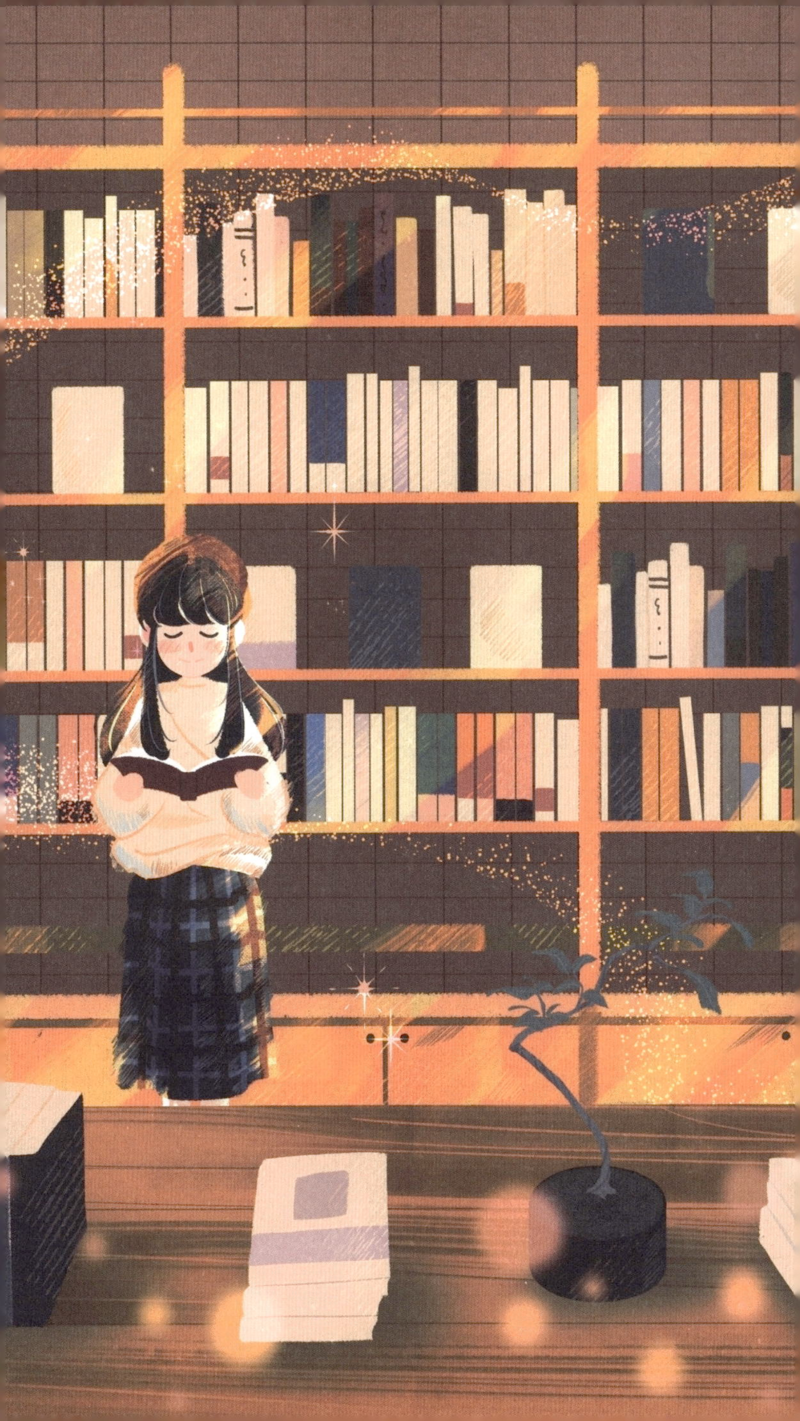

치를 《책방 무사》에서, 그것도 요조의 글을 통해 다시금 깨달은 것이죠. 《책방 무사》는 단순히 책을 판매하는 곳을 넘어, 잊고 있던 독서의 즐거움과 책이 주는 위로를 일깨우는 공간이었습니다.

《책방 무사》는 '무사'라는 이름처럼, 잠시나마 저에게 무사의 시간을 선물해 주는 공간이었습니다. 그 고요한 시간이 주는 위안은 잊혀지지 않고, 지금도 책방과 요조의 노래를 떠올리면 마음 한편이 포근해지는 오래된 기억의 한 조각으로 남아 있습니다. 아마 앞으로도 요조의 음악과 《책방 무사》는 지친 삶의 순간에 기꺼이 위로와 평온을 선물하는, 저만의 무사한 공간으로 기억될 것입니다.

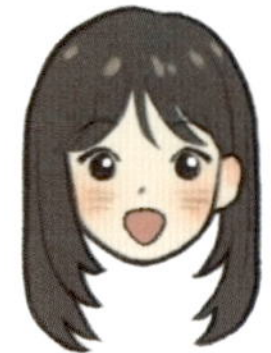

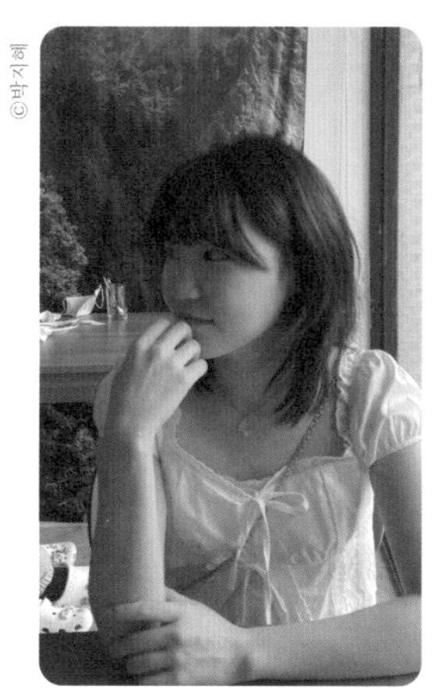


비일상적인 순간의 감각을 그리는 일러스트레이터. 신비롭고 따스한 세상의 풍경을 담아낸다. 디지털 일러스트를 그리며 스티커, 엽서 등 다양한 굿즈 작업으로 그림 세계관을 확장해 나가고 있다. 특별한 경험을 시각화하는 데 집중하며, 풍부한 색과 빛, 피부에 와닿는 표현을 추구한다.

# 서점이 주는 위로

수원_브로콜리숲

어릴 적 나는 책을 정말 좋아했다. 일주일에 한 번씩 부모님 손을 잡고 시립도서관엘 갔다. 내 이름뿐 아니라 할머니와 부모님의 대출증까지 총동원해 한 번에 빌릴 수 있는 최대한의 책을 챙겨왔다. 그 시절 나는 종이 냄새를 좋아했고, 글자가 빼곡할수록 더 신이 났다. 책 속 세상은 언제나 새로웠고, 나는 그 안에서 매일 모험을 했다.

그렇게 책과 가까이 지낸 시절은 오래가지 않았다. 어른이 된 지금 나는 거의 책을 읽지 않는다. 어느 순간부터 책이 눈에 잘 들어오지 않고, 문장을 따라가는 집중력도 짧아졌다. 마음은 늘 다른 곳을 향했다. 갑자기 청소가 하고 싶다거나, 낮잠을 자고 싶다거나. 이번엔 꼭 읽겠다 마음먹고 샀지만, 끝내 다 읽지 못한 책이 책장에만 여덟 권 정도 쌓여있다. 부끄럽지만 나는 이제

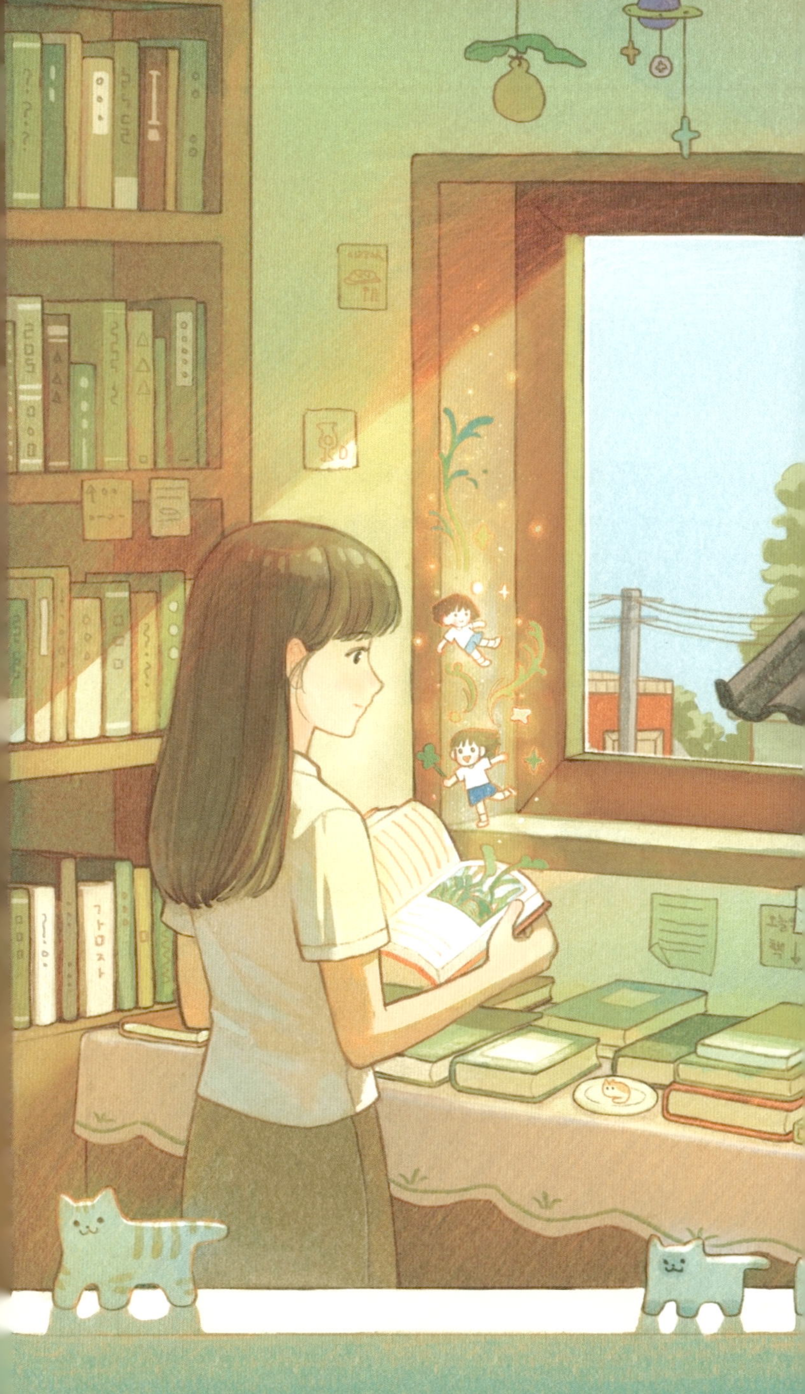

책을 읽지 않는 사람이 되었다.

　그런 나를 종종 서점에 데려가는 친구가 있다. 대학교 때 처음 만난 친구였다. 입학 첫날, 뻘쭘하게 앉아있던 나에게 먼저 다가와 말을 걸어준 사람이었다. 그때부터 지금까지 우리는 둘도 없는 친구다. 짜장면을 먹으면서 화장실 이야기를 하고, 밤새 작업을 하며 노래를 부르고, 길을 걷다가 갑자기 춤을 추는 사이. 유치하면서도 쿵짝이 잘 맞는 친구.

　만화책도 책이라서 싫다던 친구였다. 웹툰도 안 본다며 단호하게 고개를 저었다. 정말 책과는 담을 쌓은 사람이었다. 그랬던 친구가 어느 날 갑자기 달라졌다. 번개라도 맞은 듯 책을 읽기 시작하더니, 어느새 다독가가 되었다. 몇 년 사이 벌어진 일이었다. 처음엔 그 변화가 의아했지만, 곧 친구가 건네는 말들에서 차이를 느낄 수 있었다.

　친구는 책에서 얻은 문장과 통찰로 내 마음을 짚어주곤 했다. 내가 말하지 못한 감정을 먼저 표현하고, 정리하지 못한 생각을 대신 정리해줬다. 과장하자면, 뇌를 공유하는 것 같은 기분이었다.

어느 날, 친구가 나를 서점에 데려갔다. 그곳이 《브로콜리숲》이었다. 행궁동에 자리한 이 서점은 건물 2층에 있는데, 나무 계단을 따라 천천히 올라가다 보면 느긋하게 햇살을 즐기고 있는 치즈 고양이 한 마리를 만나게 된다. 그리고 올리브색 문 너머로 펼쳐지는 책들의 공간과 마주한다.

사실 별생각 없이 따라간 거였다. 책을 고를 생각도 없었고, 단지 친구 옆에 서 있었을 뿐이다. 친구는 흥미로운 눈빛으로 서가를 천천히 훑었고, 나는 그 모습을 지켜보았다.

"나 이 책 읽어봤는데, 어떤 점이 좋았는지 알아?"

그렇게 말하며 한 권씩 소개하는 친구의 모습이 멋져 보였다. 나는 아무 책도 집지 않았지만, 책 표지를 하나하나 구경하며 조용히 그 공간을 걸었다.

아기자기하게 꾸며진 공간 속 따스한 빛 사이로 진열된 책들, 그리고 책장 곳곳에 적혀있는 메모들에서 서점 사장님의 책에 대한 깊은 애정을 느낄 수 있었다. 종이 냄새와 나뭇결이 느껴지는 바닥, 책장을 넘기는 소리 때문에 공간은 더 따뜻해졌다.  책들이 줄지어 앉아 있는 그 공간은 나에게 뜻밖의 안정감을 주었다. 책들

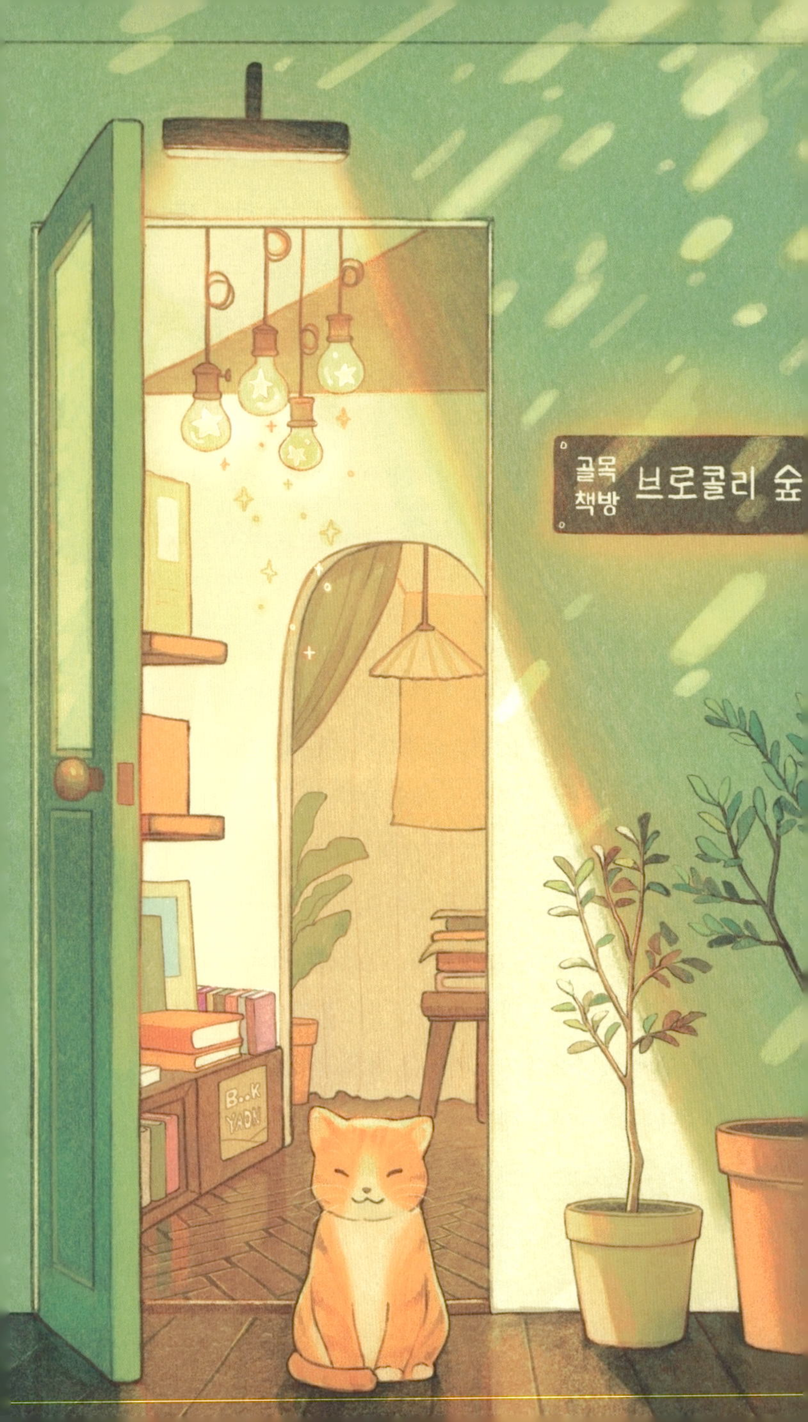
골목
책방
브로콜리 숲

이 말없이 곁에 머물러 주는 것만 같았다. 빽빽한 책들 사이에서 문득 혼자가 아니라는 감각에 잠겼다. 아직 내가 알지 못하는 이야기들이 이토록 가까이에 있다는 사실이 이상하리만치 따뜻하게 다가왔다.

친구와 함께 서점에 다녀온 이후, 나는 가끔 혼자서도 서점에 가게 되었다. 그냥 그곳의 공기를 느끼기 위해서, 또는 요즘 책 표지는 어떤지 구경하기 위해서. 카페처럼 시끄럽지도 않고, 도서관처럼 고요를 강요하지도 않는 그 특유의 정적. 책장을 넘기는 소리, 발걸음 소리, 낮은 음성들이 어우러져 만들어내는 분위기에 나는 안도했다. 혼자 걷고 있지만 혼자가 아닌 듯한 기분. 책을 고르는 사람들의 표정과 자세를 관찰하다 보면, 어느새 나도 다시 책장을 펼쳐보고 있었다.

책은 여전히 끝까지 읽는 것이 어렵다. 하지만 그 어려움을 조금씩 받아들이게 되었다. 서점은 여전히 나에게 정서적 환기가 가능한 공간이다. 무언가를 억지로 하지 않아도 괜찮다는 사실을 알려주는 장소. 그리고 조용히 곁에 있어준 누군가의 기억이 스민 곳. 그리고 그 책들 안에서 누군가의 삶이 조용히 말을 걸어준다.

아주 오래된 친구처럼.

　언젠가는 나도 다시 예전처럼 책 한 권을 끝까지 읽을 수 있기를 바란다. 하지만 지금은 조급하게 굴지 않으려고 한다. 《브로콜리숲》에서 느꼈던 느긋하고 따뜻한 감각처럼, 책과 함께하는 시간이 조금씩 내 일상의 한 부분이 되어가고 있기 때문이다. 그저 천천히, 부담 없이, 책과 나 사이의 거리를 좁혀가는 중이다.

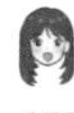

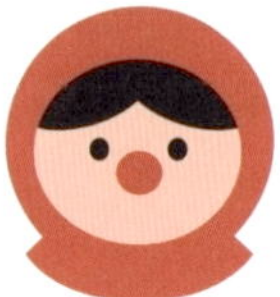

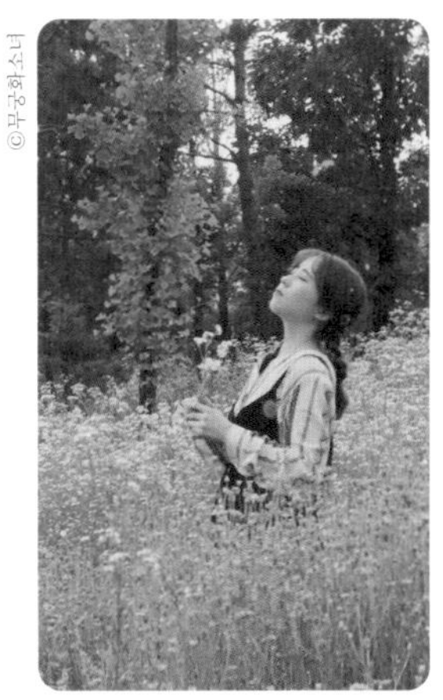

ⓒ무궁화소녀

일러스트레이터로 활동하며 제주에서 《하피바라클럽》을 운영하고 있다. 일상 속 조용함, 스쳐가는 오브제에 담긴 이야기를 상상하는 걸 즐기며, 그림이 일상품이 되는 순간을 좋아한다. 그래서 직접 그린 그림으로 소품과 문구를 제작, 판매한다. 기업 협업, 전시에 참여하며 다양한 작업을 하고 있다.

# 사소하지만 든든한 서점

제주_이후북스

직장을 구하기 전 혼자 떠난 여행에서 나는《이후북스》를 처음 만났다. 취업과 미래 사이에서 잠시 숨을 고르기 위해 겨울 제주에 혼자 발을 디뎠다. 골목 모퉁이에 쉼표처럼 서 있던 책방은 무심코 지나치면 책방인지도 모를 만큼 작았다.《이후북스》라는 이름보다《수화식당》간판이 더 눈에 띄었으니 말이다. 하늘로 고개를 높이 들면 '독립서점'이라는 간판이 그제야 보여서 아, 여기 책을 파는 곳이구나 했다. 가까이 다가갔을 때 휴무 팻말이 걸려 있었다. 깜깜한 내부를 들여다볼 수도, 그곳이 어떤 공간인지도 짐작할 수 없었지만 왠지 모르게 아쉬움이 남아 나는 한동안 입맛을 다셨다.

두 번째로 그곳을 찾았을 때, 나는 이미 제주에 살기로 마음먹은 이후였다. 어쩌다 보니 시골 마을에 작은

"

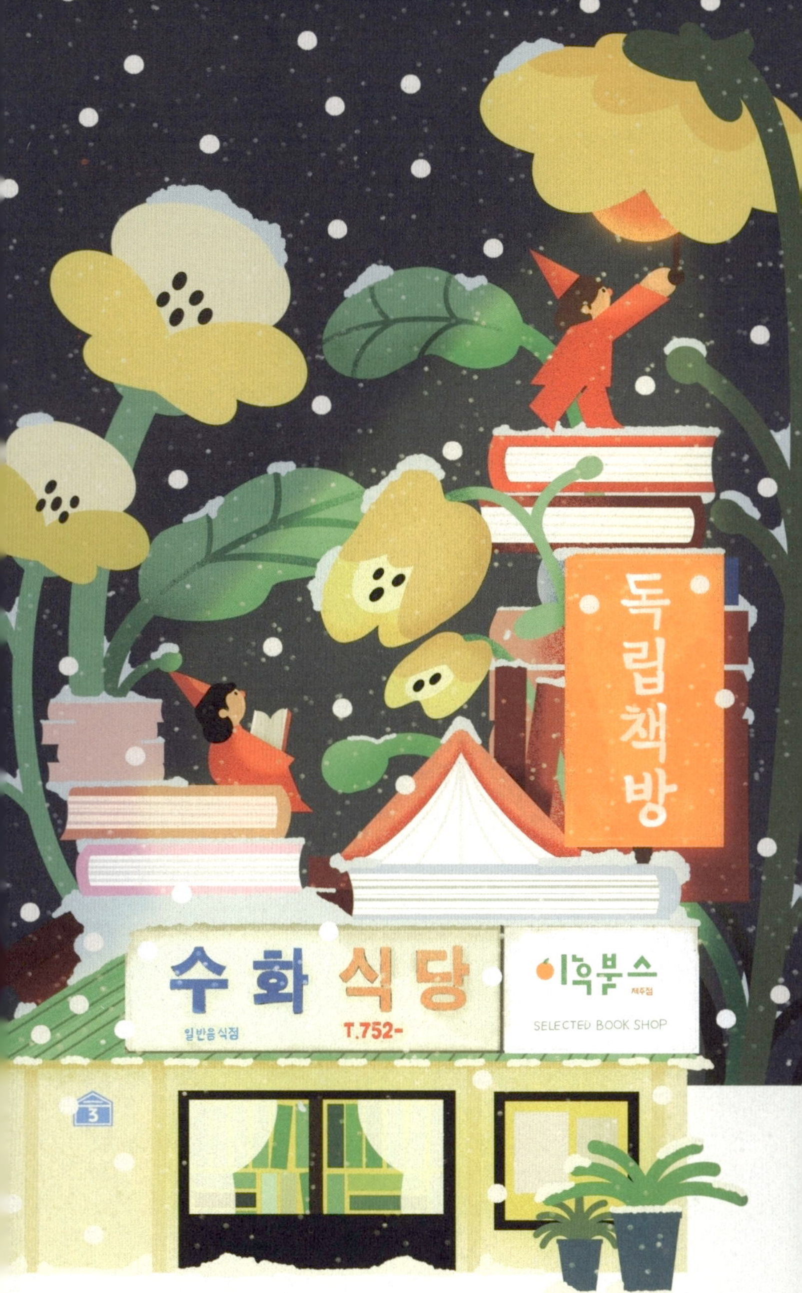
독
립
책
방
수 화 식 당
일반응식정
T.752-
이익북스
제주점
SELECTED BOOK SHOP
3

소품 샵을 열고, 엽서나 포스터 같은 자잘한 물건들을 만들어 팔았다. 하지만 처음 해보는 일들에 허둥대며 매일이 고군분투였다. 그러다 문득 《이후북스》가 떠올랐다. 제대로 들여다보지 못했던 그곳이 갑자기 궁금했다. 어쩌면 지금의 나에게 꼭 필요한 곳인지도 모른다는 생각이 들었다. 그래서 다시 그곳을 찾았다.

드르륵, 요란한 소리를 내는 미닫이문을 밀고 들어서자마자 '아, 여긴 내가 좋아하게 될 곳이구나' 하고 생각했다. 책방 안에는 마음속 어딘가를 건드리는 공기가 머물러 있었다. 가장 인상 깊었던 건 책마다 놓인 손글씨 메모였다. 책방지기의 손길이 닿지 않은 곳이 없을 만큼 책들은 각자의 목소리로, 서로 다른 방식의 이야기를 건네고 있었다. 나중에야 알았지만 《이후북스》에는 '일일 책방지기'라는 재미있는 프로그램이 있었다. 하루 동안 책방지기가 되어 공간을 직접 운영해보는 프로그램이었는데, 그래서 어떤 날에는 머리가 희끗한 중년 남성이, 어떤 날에는 머리를 양 갈래로 땋은 학생이 책방을 지켰다. 서가를 채운 책들과 손글씨로 쓴 추천글, 그리고 플레이리스트까지 그들의 취향이 옹골차게 스며들어 있었다. 그 모든 것이 《이후북스》를 더욱 공명하게 만들고 있었다.

　그저 종이가 좋아서 그림을 그리고 사진을 찍어 엽서를 만들기 시작했다. 그렇게 시작한 제주 소품 샵은 쉽지 않았다. 예상 못 했던 것은 아니지만 마음에는 매일 크고 작은 돌풍이 일었다. 어떤 날엔 손님이 많았고 또 어떤 날엔 없었다. 그래도 어느새 내 취향과 손길이 스민 공간이 되었다. 이름 모르는 손님들이 물건을 고르고 계산을 하고, 가끔 칭찬의 말을 걸어주기도 하고, 지켜봐주는 사람들이 생겼다. 햇살이 잘 드는 오후에는 해를 스스로 피하지 못하는 조약돌처럼 마음이 속절없이 뜨끈해지기도 했고, 태풍이 부는 날에는 오늘 장사는 글렀군, 하며 오래된 장사치처럼 능청스럽게 하루를 점치기도 했다. 이곳에서 그림을 그리고, 물건을 닦고, 기록하고, 때로는 아무도 없는 매장에서 고민했다. 그렇게 이 작은 공간에 나라는 사람이 제일 많이 쌓였다.

　《이후북스》를 좋아하게 된 것도 어쩌면 그래서였는지 모른다. 손길이 닿은 것마다 애정을 담고, 취향을 진열해둔 공간은 늘 심장을 뛰게 한다. 단순히 책을 파는

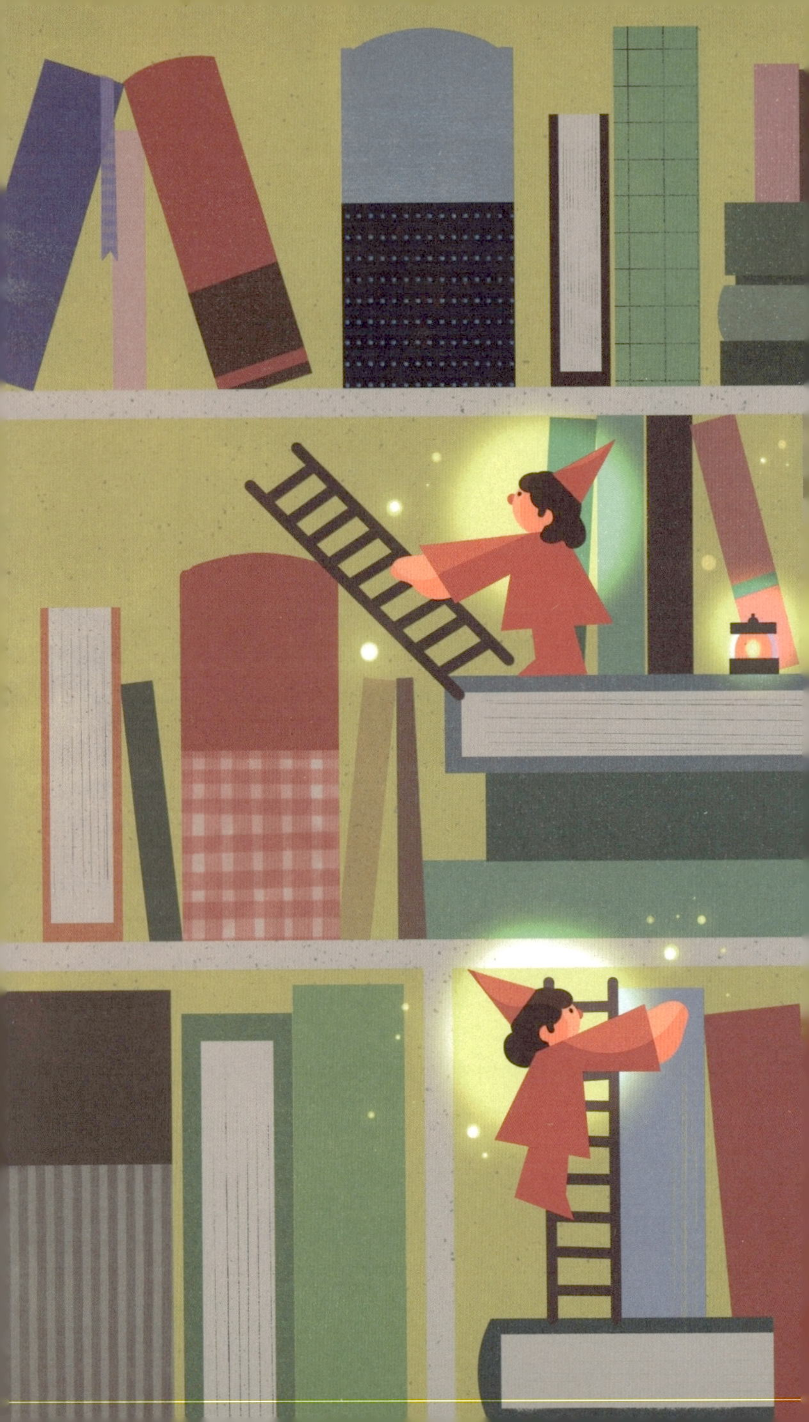

곳이 아니라 자기만의 속도로 치열하게 운영하는 어떤 이의 공간이라는 것. 그 노고와 마음가짐이 태연한 고요함과 대비되어 오히려 더 두근거렸다. 아직 초보 사장이지만 어쨌든 작은 매장 하나를 굴리는 사람으로서 그 마음이 얼마나 단단한지, 또 외롭기도 한지 감히 공감해본다. 손길이 머무는 공간, 고요한 열정이 밴 장소, 그곳의 책들이 다정하게 말을 건다. 나도 내 공간에서 그렇게 말을 건네고 싶은 욕심이 생긴다. 작고 느린 곳이지만, 마음을 들여다보는 장소가 되길 바라며 나만의 방식으로 분주히 움직일 것을 다짐한다.

제주에서 공간을 운영한다는 것은 그저 장사를 한다는 말을 넘어 훨씬 더 복잡하고 미묘한 일이다. 비가 오는 날이면 여행자들이 발걸음을 멈출까 걱정하고, 바람이 거센 날이면 비행기가 뜰 수 있을까 혼자 발을 동동 구르게 된다. 어쩌면 섬에 머문다는 건, 낭만을 품고 날씨를 견디는 일일지도 모른다. 생각이 거기까지 미치자 마음이 조금 울컥해졌다. 책방 한쪽 구석에 어색하게 서서 주책맞게 콧물을 킁 훔쳤다. 부끄러운 마음에 책 한 권을 집어 들고 카운터로 갔다. 내가 고른 책을 본

책방지기가 엷게 미소지었다. 책 제목은 《굶어 죽지 않으면 다행인》.《이후북스》에서 출판한 책방 일기다. 그렇지, 나도 굶어 죽지만 않으면 참 다행이겠다.

제주 시골 풍경은 언제나 느릿하고, 조용하고, 동시에 바쁘다. 돌담 너머로 초록이 넘실거리고, 할망과 하르방들도 농사일로 바삐 오가며 넘실거린다. 머무는 이들과 머물다 떠날 이들이 뒤섞인 섬. 그 안에 고즈넉하게 자리한 책방 하나, 소품 샵 하나. 같은 섬 다른 꼭짓점에서 누군가를 기다리며 작은 공간을 지키고 있다.

이따금 그런 생각이 든다. 자기만의 공간을 가꾸는 사람은 어쩌면 어느 이야기에 등장하는 부지런한 구둣방 요정 같다고. 눈에 잘 띄지 않지만 정성 어린 손길로 이곳을 어지르고, 정리하고, 다시 굴러가게 만드는 존재들. 그렇게 남몰래 《이후북스》와 조용한 연대를 이었다. 그 마음이 든든해서 나는 《이후북스》를 이렇게 그림으로 기록했다.

이후북스 가는 길

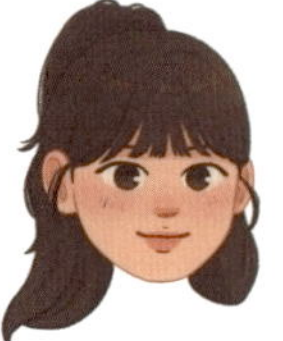

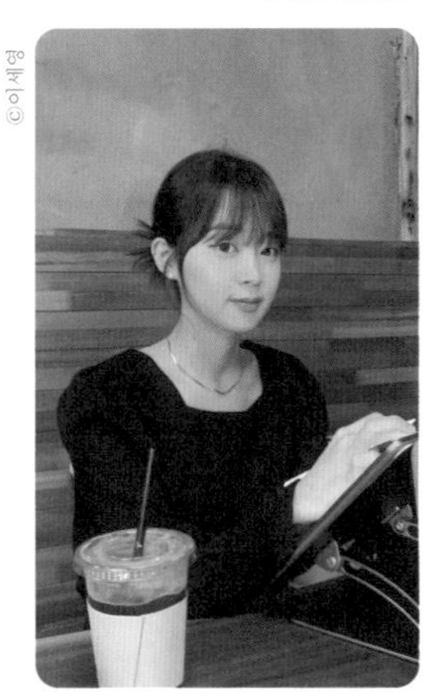


프리랜서 일러스트레이터로 활동하고 있다. 롯데칠성, SK, 다우니, LG전자, 롯데리아 등 기업 일러스트를 그렸고, MBC 와 KBS 방송 일러스트도 진행했다. 일상 속 쉼표 같은 그림 을 오래오래 그리고 싶다.

# 일상 속 작은 쉼표



의정부 시내 중심에 자리한 서점 《숭문당》.

어린 시절 그곳은 나에게는 아직 막연한, 어른들의 공간이었다. 학교에서 집으로 가는 길, 가족과 함께 외출한 날, 몇 번이나 그 서점 앞을 지나쳤지만 들어간 적은 없었다. 유리문 너머로 보이는 책장들, 사람들 사이로 느릿하게 움직이는 공기, 묘하게 조용한 분위기가 어린 나에게는 낯설기도 하고 조금은 멀게 느껴졌다.

처음 《숭문당》에 간 건 중학생이 되어서였다. 학교 앞에서 친구들과 약속을 잡고 어색하게 시내 나들이를 나가던 시절. 약속 시간보다 늘 일찍 도착하던 나는 남는 시간에 갈 만한 곳을 찾곤 했는데, 그럴 때 자연스럽게 발길이 향한 곳이 《숭문당》이었다. 무언가를 사지 않아도 괜찮고, 조용히 머물 수 있으며, 눈에 띄지 않게 시간

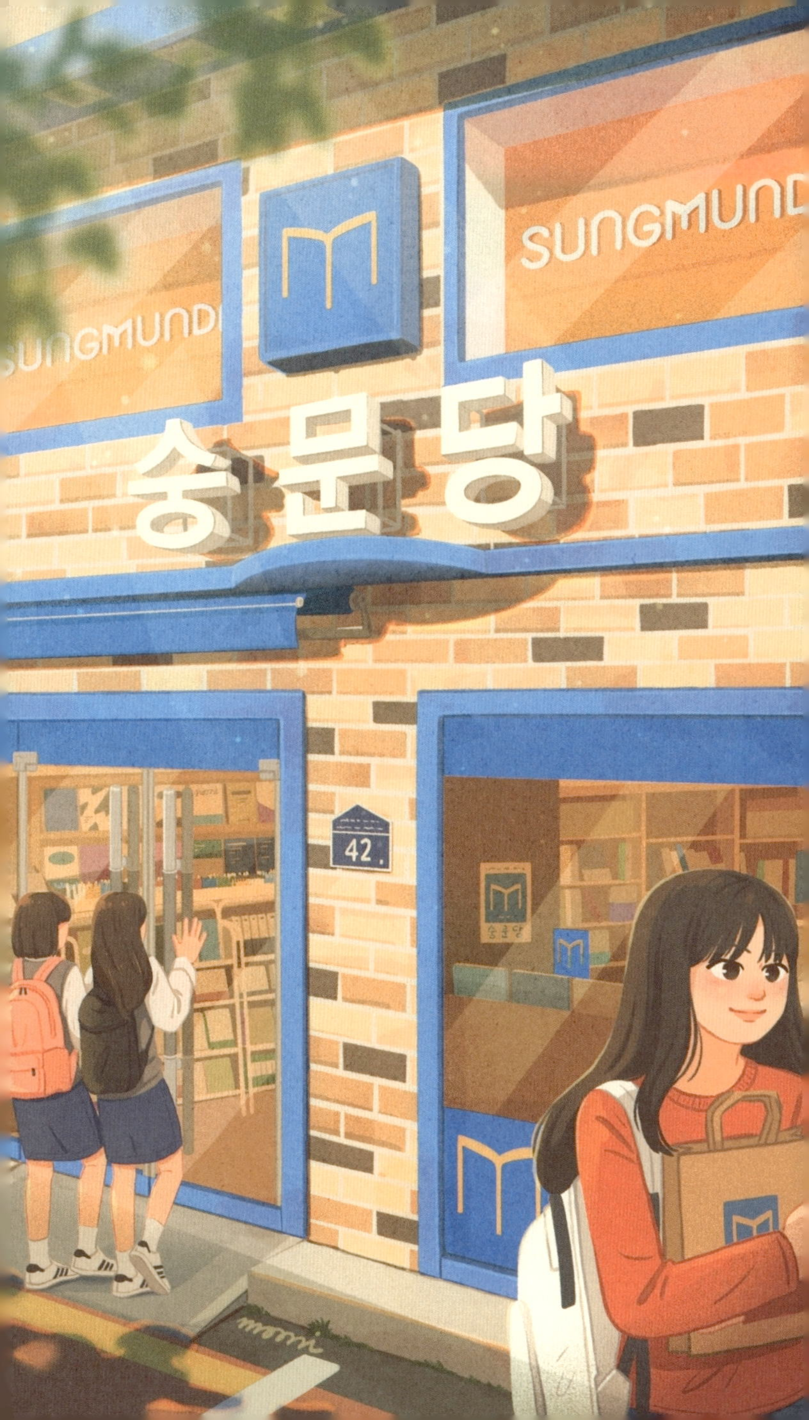

SUNGMUND
SUNGMUND
숭문당
42

을 흘려보낼 수 있는 장소. 서점은 나에게 그런 공간이었다.

《숭문당》은 당시 의정부에서 유일한 대형서점이었다. 2층까지 운영하던 시절, 1층은 문구와 잡지, 베스트셀러 도서가 자리했고 2층엔 문제집과 참고서, 학습 자료들이 가득했다. 중학교에서 고등학교로 올라갈 무렵 나는 자주 《숭문당》 2층을 찾았다. 책장마다 빽빽하게 꽂혀 있는 문제집 사이를 돌며 국어는 이 출판사, 수학은 저 출판사, 그렇게 내 손으로 공부 계획을 짰다. 그때 나는 서점에 들어갈 때마다 괜히 어깨가 으쓱했다. 공부하러 가는 사람이라는 자부심, 그리고 그 안에 섞인 약간의 설렘. 문제집을 고를 때 나는 단순히 필요하다고만 해서 집지는 않았다. 표지 디자인, 페이지 구성 같은 것도 은근히 중요했고, 한참을 고심하다 결국 고른 문제집을 들고 계산대로 갈 때 무거운 책임감과 함께 이상한 뿌듯함이 들기도 했다.

《숭문당》에서 보냈던 시간은 공부와 관련된 기억만 있는 건 아니다. 기다림의 순간들, 혼자 있고 싶을 때,

딱히 목적 없이 들렀던 날도 많았다. 책을 사지 않아도 괜찮은 공간, 누군가와 함께 있어야만 채워지는 시간이 아니라 혼자여도 충분했던 시간. 서점이라는 곳이 주는 그런 여유를 나는 그때 처음 알았다.

특히 비 오는 날의 《숭문당》이 좋았다. 우산을 접고 들어서면 눅눅한 공기 사이로 퍼지는 종이 냄새, 먼지 섞인 책 냄새가 섞여 묘하게 포근했고, 코트 자락의 물기를 털고 서가 사이를 천천히 걷는 그 시간에 나는 이상하게 위로를 받았다. 그 누구도 나에게 말을 걸지 않고, 내가 누군가에게 설명하지 않아도 되는 시간. 조용한 장소가 주는 감정은 고요함을 넘어 때로는 나 자신을 다시 정리해주는 힘이 되었다.

지금 《숭문당》은 1층만 운영한다. 언제부턴가 2층으로 올라가는 계단이 막혔다. 공간은 작아졌지만 분위기는 크게 달라지지 않았다. 문구류와 신간 코너 한편의 사람들은 여전히 조용히 책을 고르고, 나는 그 풍경을 바라보며 옛 기억들을 떠올린다.

이따금 의정부에 갈 일이 생기면 나는 지금도 《숭문당》 앞에 멈춰선다. 예전처럼 자주 가지는 않지만 아직

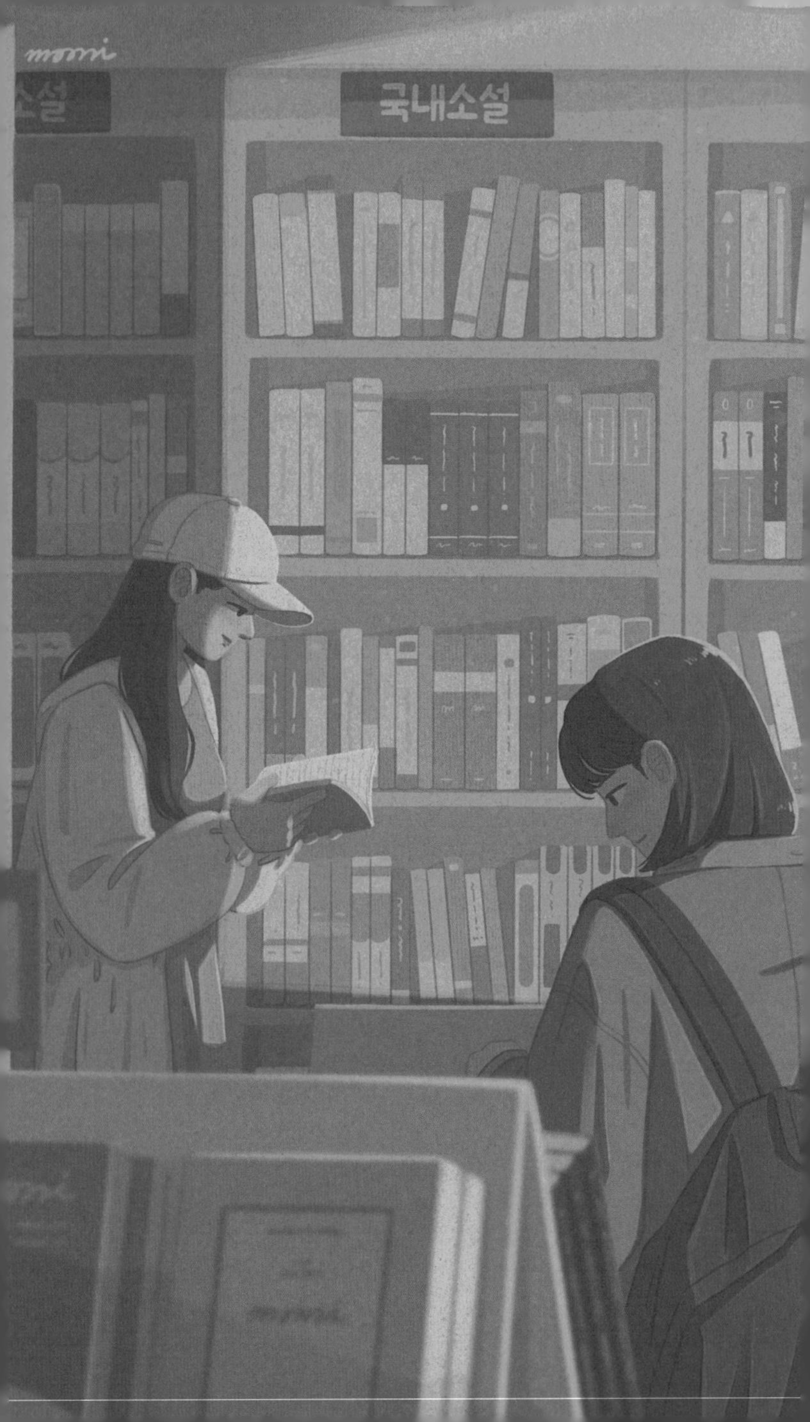
moori
소설
국내소설
국내소설

있구나, 라는 마음에 괜히 마음이 놓인다. 많은 것이 바뀌는 도시 한가운데 그대로 남아 있는 장소는 드물기 때문이다. 길거리 간판이 바뀌고, 카페가 사라지고, 새 건물이 들어설 때마다 마음 한쪽이 스산해지지만,《숭문당》만은 여전히 그 자리에 있다.

지금도 나는 약속 장소에 일찍 도착하면 자연스럽게 《숭문당》으로 향한다. 요즘 내가 집는 건 문제집이 아닌 산문집이나 소설 혹은 자기계발서다. 서가 앞에 선 채 제목을 훑고, 마음에 닿는 문장을 발견하면 그 페이지를 조금 더 오래 읽는다. 그 순간 나는 뭔가를 찾았다는 기분에 잠긴다. 꼭 필요한 책이 아니어도 지금의 나에게 맞는 문장을 만났다는 사실만으로도 충분하다. 그렇게 한 권을 골라 계산대에 올리며 책을 읽는 어른이라는, 조금은 기분 좋은 자기만족에 젖는다. 책을 담은 종이봉투를 들고 약속 장소로 향할 때면 마음이 가벼워지고 나 자신이 더 단단해진 것 같은 기분이다. 누군가는 짧은 시간이 아까워 휴대폰을 들여다보지만 나는 그 시간 동안 책 속 한 문장을 더 읽기로 선택한 것이다.

서점은 단순히 책을 파는 공간이 아니다. 그곳은 나

에게 익숙한 시간의 온도, 반복되는 일상 속 작은 쉼표, 그리고 지나간 내 모습을 되돌아보게 하는 장소다. 어릴 때 멀게 느껴졌고, 학창 시절엔 익숙한 공간이었으며, 지금은 추억이 깃든 장소다. 책 냄새, 바스락거리는 책장 소리, 조용히 머무는 사람들의 뒷모습, 그 모든 것이 내 기억 속에 선명하게 남아 있다.

《숭문당》이 계속 그 자리에 있어 주었으면 좋겠다. 예전처럼 두 층이 아니어도, 예전만큼 크지 않아도 괜찮다. 그곳에만 머물면 내 어린 시절부터 지금까지의 모든 시간이 차분히 이어지는 듯한 기분이 드니까. 아무것도 변하지 않은 듯 머물러 있는 그곳이 나에게는 큰 위로다.

숭문당 가는 길

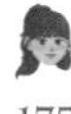

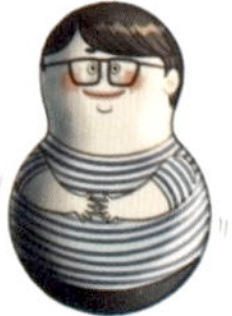

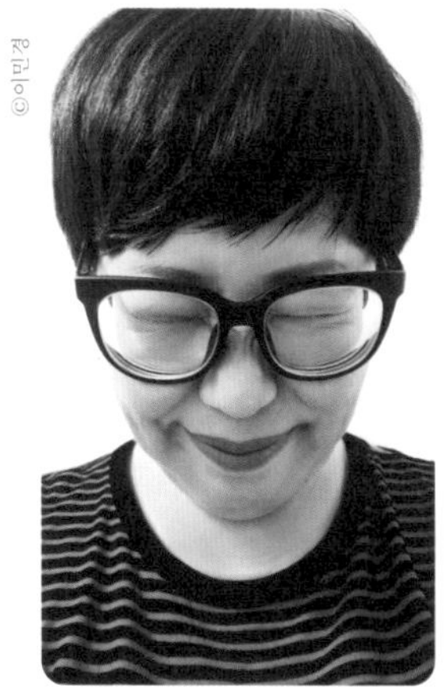


오랫동안 어린이를 위한 그림책과 다양한 일러스트 작업을
했다. 그림을 그리는 동안 담아 넣는 내 마음이 나의 그림을
보는 이들에게 오롯이 가 닿기를 바라며 그림을 그린다.

# 목향장미 피는 책방



어느 날 통영에 출판사가 생겼다. 서점들도 하나둘 문을 닫을 정도로 쇠락해 가던 이 작은 도시에 출판사라니! 과연 버틸 수 있을까? 하지만 그 걱정이 무색할 정도로 출판사는 정말 열심히 책을 만들었고, 통영의 예술가들을 찾아내 협업하면서 다양한 문화 콘텐츠를 기획하며 통영을 풍성하게 채워나갔다. 바로 출판사 <남해의봄날>이다. 그리고 이 출판사가 운영하는 독립서점이 바로 《봄날의책방》이다.

처음부터 책방은 아니었다. <남해의봄날>과 일명 동네 건축가로 불리는 강용상 님이 의기투합해서 처음 기획하고 만든 것은 《봄날의집》이라는 북 스테이 아트하우스였다. 그때 《봄날의집》 1층 한편, 네 평 정도의 자그마한 공간을 할애해 책방을 운영하던 것이 지금의 책방이 된 것. 더 많은 사람이 조금 더 편하게 통영이 가진 가치를 경험하고, 알아가고, 누리길 바라는 마음이 《봄날의책방》을 만든 것일 테다.

　조용한 주택가 한편, 노랗고 파랗고 하얀 이 작은 책방 벽에는 통영을 대표하는 예술가들의 얼굴 크로키가 그려져 있다. 작고 아담한 정원은 늘 꽃들로 가득하고, 특히 봄이면 노란 목향장미가 책방을 온통 뒤덮는다. 시기를 놓쳐 목향장미가 지고 난 뒤 방문한 분들은 너무나 아쉬워하곤 했다. 볕 좋은 날이면 나무 바닥에 삼색 고양이가 나른하게 누웠다. 고양이의 이름은 '단비'. 길고양이지만 길고양이인 듯 길고양이가 아닌 '단비'는 책방을 오가는 손님들에게 또 하나의 소중한 '책방지기'다. 책방 앞에서 단비를 만나면 한참 인사를 나눠야만 한다. 그러지 않을 수가 없다. 이건 겪어보면 안다.

　그렇게 단비와 인사를 나누고 아쉬움을 뒤로한 채 노란색 담장 옆 작고 파란 문을 열고 들어서면 신기한 공간이 시작된다. 《봄날의책방》은 오랫동안 비어 있던 한 주택을 개보수한 곳이기 때문이다. 한때 어느 가족의 안방, 혹은 작은방, 혹은 부엌이었을지도 모를 공간

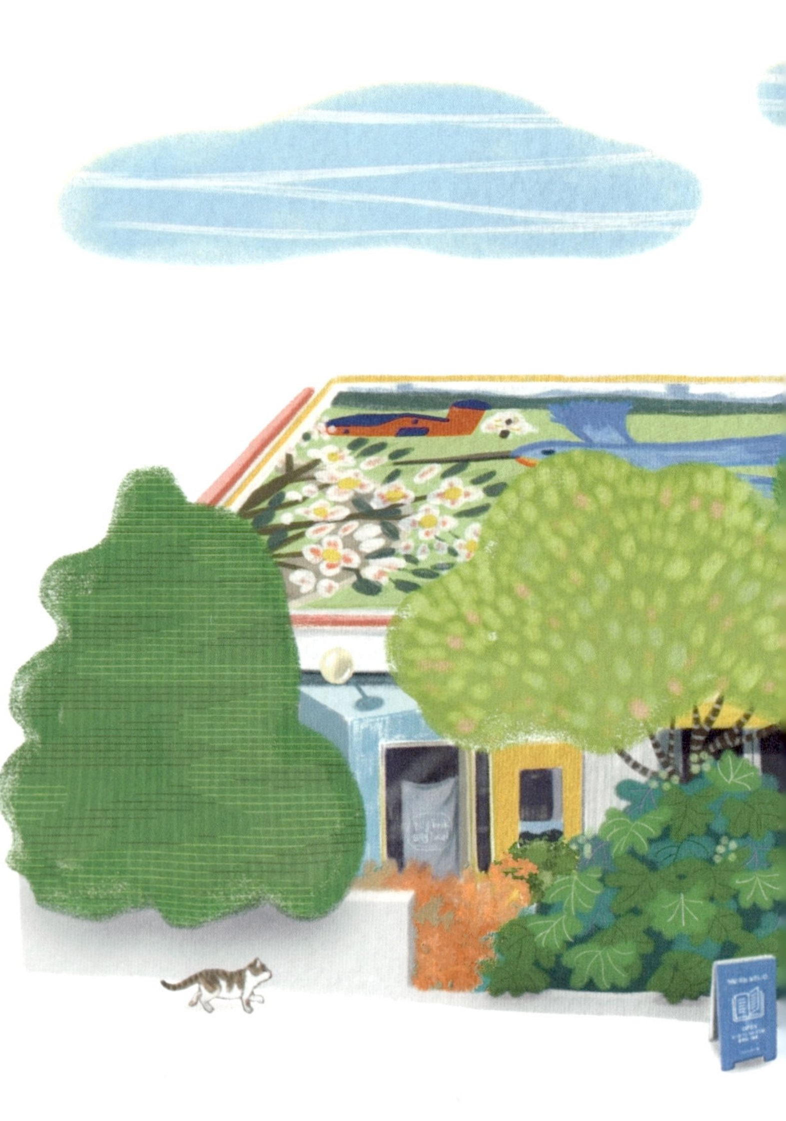

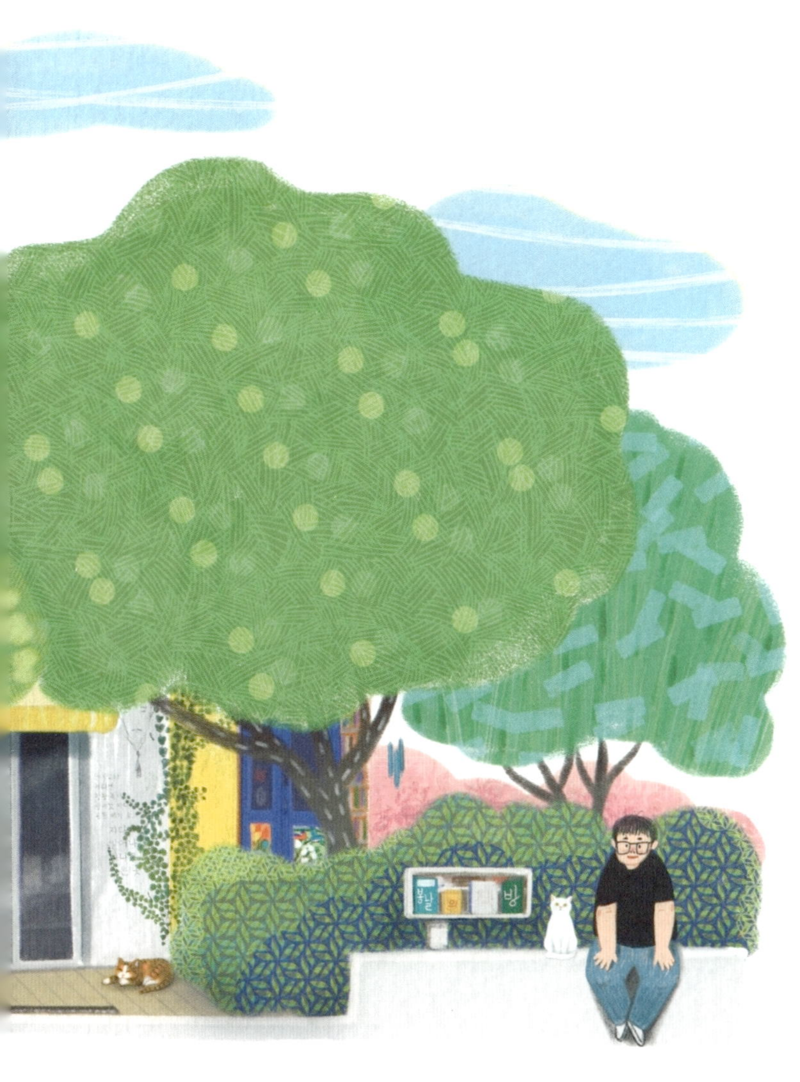

봄날
의
방

들을 이제는 작가의 방, 그림책방, 바다책방, 책 읽는 부엌, 장인의 다락방이라는 이름으로 책방지기들이 심혈을 기울여 큐레이션 했다. 다양한 책과 함께 그곳을 찾는 방문객들을 또 다른 가족으로 맞이한다.

'작가의 방'은 통영에서 나고 자란, 혹은 통영을 사랑한 문인들의 작품과 시와 소설, 에세이 등 한국 문학과 해외 문학 작품들을 소개하는 방이다. 만약 통영의 문학 작품들을 콕 집어 찾는 분들이 있다면 그냥 이 방으로 오면 된다. 이곳은 보물창고다. '그림책방'은 말 그대로 그림으로 소통하는 화가들의 작품, 어린이와 어른들을 위한 다양한 그림책과 그림 에세이, 그래픽 노블 등이 가득하다. 거기에 더해 <남해의봄날>에서 출간한 그림책들의 원화 전시는 이곳에서만 누릴 수 있는 특전이다. '바다책방'에는 <남해의봄날>이 펴낸 책들과 통영 여행 이야기들이 깔끔하게 진열되어 있고, '책 읽는 부엌'에서는 이름에 걸맞게 요리, 건강, 집과 정원, 청소년 주제의 책과 함께, 책방 바로 옆 《전혁림 미술관》의 타일 아트나 도자기, 통영의 예술가들과 협업한 아기자기한 아트 상품들이 전시, 판매되고 있다. 마지막으로,

2층 '장인의 다락방'은 예약제로 운영되는 책 읽는 공간인데, 북 스테이였던 《봄날의집》 원형을 그대로 유지한 곳이기도 하다. 통영 나전 장인들의 작품들로 채워진 고즈넉한 공간에서 편안하게 책을 읽으며 힐링하는 색다른 경험을 할 수 있다.

이 외 색다른 공간으로는 블라인드 북과 블라인드 시(詩) 카드 코너가 있다. 제목과 작가를 보지 않고 운명적으로 책과 시를 만날 수 있다고 《봄날의책방》은 소개한다. 그도 그럴 것이, 책과 시가 적힌 카드는 안을 들여다볼 수 없는 파스텔 톤 예쁜 종이봉투에 담아 봉해두었다. 블라인드 북 봉투에는 책방지기들이 정성을 다해 고른 책들이 들어있고, 봉투 겉면에는 추천 이유와 다양한 키워드를 다정한 손글씨 메모로 붙여놓았다. 운명적으로 만나는 책이라니. 너무 설레지 않는가? 블라인드 시 카드에는 그런 메모가 없지만 작고 동그랗게 뚫린 구멍으로 일러스트 약간을 엿볼 수 있다. 그리고 뒷면에 일러스트레이터 이름이 적혀있어서, 만약 거기서 좋아하는 작가의 이름을 발견한다면 망설임 없이 선택할 수도 있다.

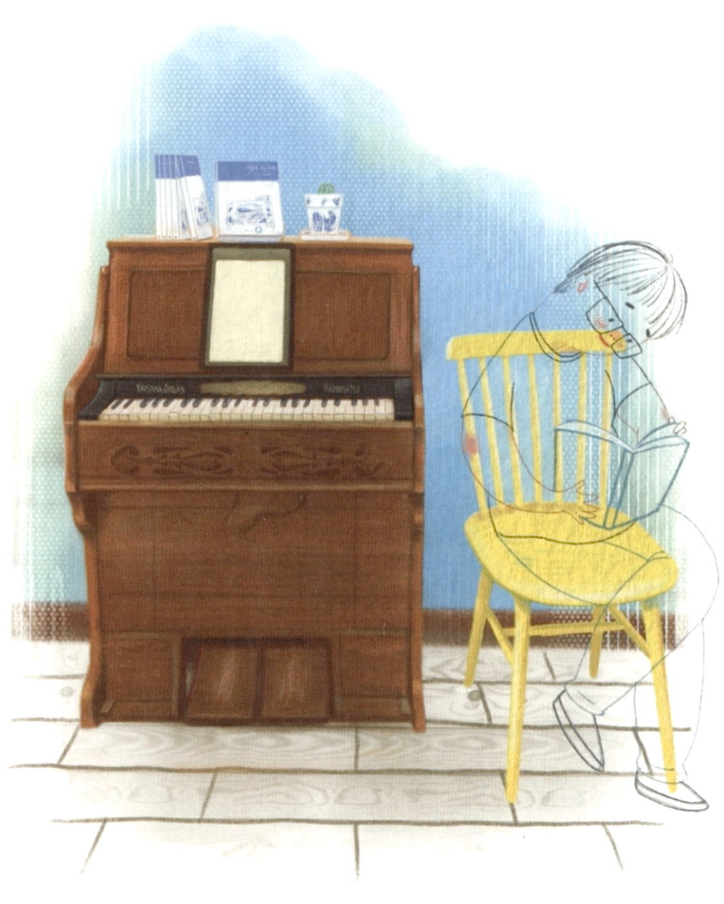

통영 여행을 계획하는 지인들이 여행 추천지를 물어 올 때마다 난감해하던 나는 이제, 멀리서 지인들이 내려오면 약속이라도 한 듯 자연스럽게 《봄날의책방》으로 발걸음을 옮긴다. 그날도 그랬다. 책방 앞에서 책방지기 고양이 단비를 만나 한참 인사를 나눈 뒤, 여기저기 흩어져서 책을 구경하고 각자의 책을 고르고 선물을 골랐다. 나는 내가 제일 좋아하는 공간으로 들어간다. 파란색 벽과 노란 의자와 낡은 풍금이 있는 곳. '그림책방'이다.

사실 나는, 개인 사정으로 꽤 오랜 기간 건조하고도 탁한 사람으로 지냈다. 그래서 내가 좋아하던 것들조차 잊고 지냈다. 그림을 그리던 사람이 그림을 그릴 수 없는 상황이 오래 지속되자, 말라서 딱딱하게 굳은 해면 스펀지 같은 사람이 되어버린 것이다. 그런데 그 방에 들어서면 희한하게도 그곳의 모든 것이 물기를 머금고 나에게 서서히 스며드는 느낌이 들었다. 그 공간 한가운데 가만히 서 있기만 해도 나는 조금씩 채워졌다. 베스트셀러는 아니어도 누군가에게는 힘이 되고 친구가 되어줄 다양한 책들의 당당한 모습을 보고 나면, 특

히 그런 그림책들을 보고 나면, 나의 구차한 변명과 핑
계들이 무색해졌다. 그렇게 조금씩 내가 잊고 살던 감
정이 말랑해지면서 내가 누구였는지, 어떤 사람이었는
지를 떠올릴 수 있었다.

책을 고른 지인들은 계산대로 가서 책을 구매했다.
나도 작가의 친필 사인이 든 그림책 한 권을 샀다(<남해
의봄날>에서 만든 책이라 친필 사인본을 획득. 이 또한 이곳의
장점 중 하나다). 그중 한 지인이 엽서를 샀다며 보여준다.
<남해의봄날>에서 펴낸 이미경 작가의《동전 하나로도
행복했던 구멍가게의 날들》화집의 그림엽서들이다. 그
러고는 카페에 앉아 그 엽서들에 편지를 써서 우리 모
두에게 나눠주었다. 생경한 경험이었다. 아니, 생경하다
기보다 너무 오랫동안 잊고 있었던 추억 비슷한 그 무
엇이었다. 메일과 DM, SNS, 각종 채팅 서비스가 가득
한 시대에 지금도 이것이 가능한 일이었다니. 이 기묘
한 벅참이라니.

아무래도 그날 나를 포함한 일행 모두의 감성이《봄
날의책방》안에서 몽글몽글해진 모양이었다. 그 엽서는
지금도 내 방 책꽂이 위에 소중히 자리잡고 있다. 엽서

를 볼 때마다 책방의 그날이 떠올라 행복했다.

　오늘 나는《봄날의책방》에 들러 블라인드 북 한 권을 사 왔다. 어떤 책을 고를까 한참을 고민하다가 오늘의 책방지기가 구성했다는 블라인드 북(#여름대비 #챗GPT #흥미진진 #스릴러,라는 키워드와 함께 '본격 책방지기 추천, 여름 대비 필수 책, 놓치면 후회하실 거예요'라고 쓴 메모가 붙은 노란색 봉투였다)을 선택했다. 어떤 책이 들어있을까? 이 간질거리는 설렘의 여운을 조금 더 즐기고 싶어서 나는 아직도 봉투를 열지 않고 있다.

봄날의책방 가는 길

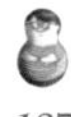

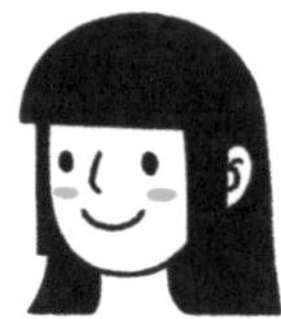

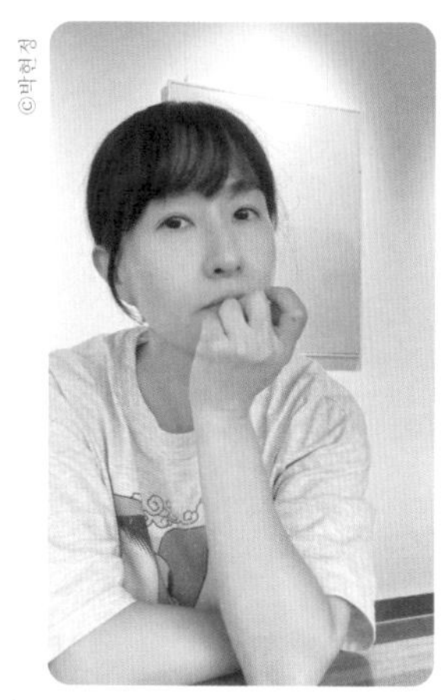

생각을 그리는 일러스트레이터. MBC 드라마 《열녀 박씨 계약결혼뎐》 인타이틀 일러스트를 그렸고, 네이버, 삼성전자, 신한금융그룹 등과 협업했다. 《나라면 나와 결혼할까》, 《그대만 모르는 비밀》, 《평행우주 고양이》 등의 책 표지 일러스트를 그리는 등 다양한 작업을 하고 있다.

# 숲에서 책을 마시다



"산, 좋아하세요? 카페는요? 혹시…… 책방도 좋아하시나요?"

이 세 가지 질문에 모두 고개를 끄덕였다면, 이곳은 죽기 전에 꼭 한 번 가봐야 할 곳입니다.

요즘처럼 정보가 넘쳐나는 시대에는 '죽기 전에 꼭 해야 할 몇 가지' 같은 말을 참 자주 듣는 것 같습니다. 당장 확인하지 않으면 뭔가 손해를 보는 것 같은 기분이 들기도 하고요. 그런데 그런 말이 너무 흔하기 때문인지, 오히려 그 콘텐츠들을 덜 보게 되는 것도 사실입니다. 저 역시 그런 말에 쉽게 마음을 내주진 않지만, 그런데도 제가 죽기 전에 꼭 가봐야 한다고 말하는 데에는 이유가 있습니다.

이곳에는 그 세 가지가 모두 있기 때문이에요. 산에 있고, 향긋한 커피와 정성 가득한 디저트를 맛볼 수 있

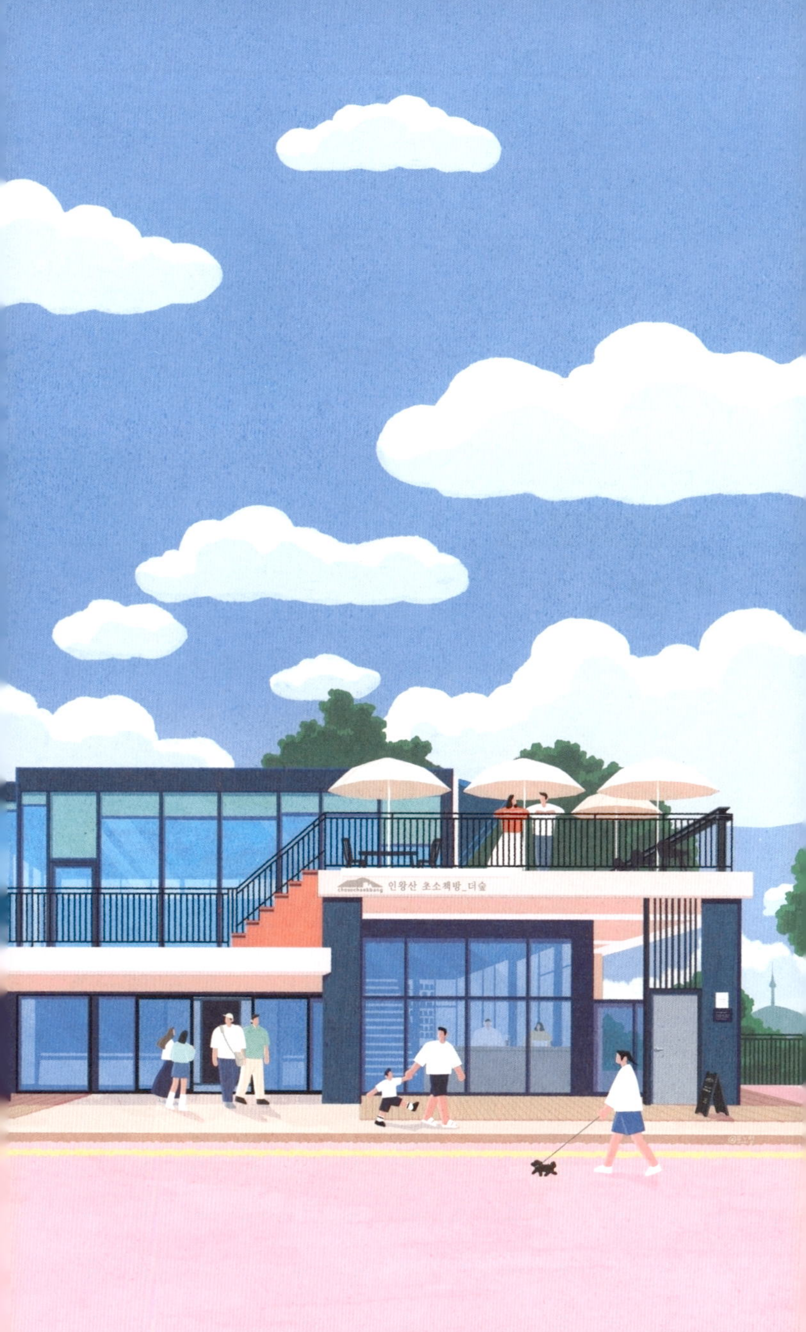
chosochaekbang
인왕산 초소책방_더숲

는 카페이자, 마음에 드는 책을 읽고 사 갈 수 있는 책방이니까요. 이곳의 이름은 《더숲 초소책방》입니다.

　서울 인왕산 등산로를 따라 걷다 보면, 나무들 사이로 조용히 모습을 드러내요. 걷는 것이 힘들다면 차를 끌고 인왕산 스카이웨이 드라이브 겸 가보는 것도 좋아요. 다만 주차 공간이 협소해 주차가 어려울 수 있다는 점은 기억해 주세요.

　단순한 건물처럼 보이지만, 알고 보면 이야기가 많은 공간이에요. 원래 이 건물은 경찰 초소였습니다. 1968년, 이른바 '김신조 사건'이라 불리는 북한 특수요원들의 청와대 기습 사건 이후 청와대를 지키기 위해 세운 곳이죠. 50년 넘는 세월 동안 자리를 지켜온 그 초소가, 지금은 누구나 쉬어갈 수 있는 평화로운 공간으로 다시 태어났습니다.

　리모델링 과정에서도 그런 시간을 지우지 않고 조심스레 껴안았습니다. 낡은 벽돌 외벽과 철제 출입문은 그대로 남겨두었고, 그 위로 유리와 나무, 철 구조물이 더해져 오래된 과거와 지금이 조화롭게 어우러졌어요. 조용하지만 깊은 울림을 주는 그런 건물입니다.

건물은 복층 구조입니다. 1층에 들어서면 카페와 책방이 함께 있는 공간이 펼쳐지고, 통유리 너머 푸르른 나무들 사이 시원하게 펼쳐진 파라솔 테이블이 눈에 들어옵니다. 마치 서울 근교 유명 카페로 나들이 온 것 같은 기분이 듭니다. 밖으로 이어진 테라스 자리에 앉으면, 숲 냄새와 나무 그림자가 커피 향과 섞여 더욱 깊은 여유를 느낄 수 있어요. 그리고 테라스 끝 쪽으로 가면 나무 계단을 따라 아래로 내려갈 수 있습니다. 숲속 별장에 온 것처럼 아늑한 이 공간도 이곳의 매력 포인트입니다.

계단을 올라 2층으로 가면, 한쪽에 1.5층처럼 계단을 다시 내려가는 특별한 공간이 나와요. 길게 놓인 통나무 좌식 테이블은 마치 전시 작품 같습니다. 창밖 돌산의 풍경이 그대로 스며드는 유리창 덕분에 숲속 풍경 한가운데 앉아있는 기분이 들어요.

그리고 꼭 가보았으면 하는 공간이 있어요. 2층 테라스에서 바라보는 서울 풍경은 이곳의 백미입니다. 남산타워가 한눈에 들어오고, 서울 시내가 시원하게 펼쳐져요. 그저 가만히 앉아 바라보는 것만으로도 마음이 충만해져요. 책을 읽어도 좋고, 아무것도 안 해도 좋은 그

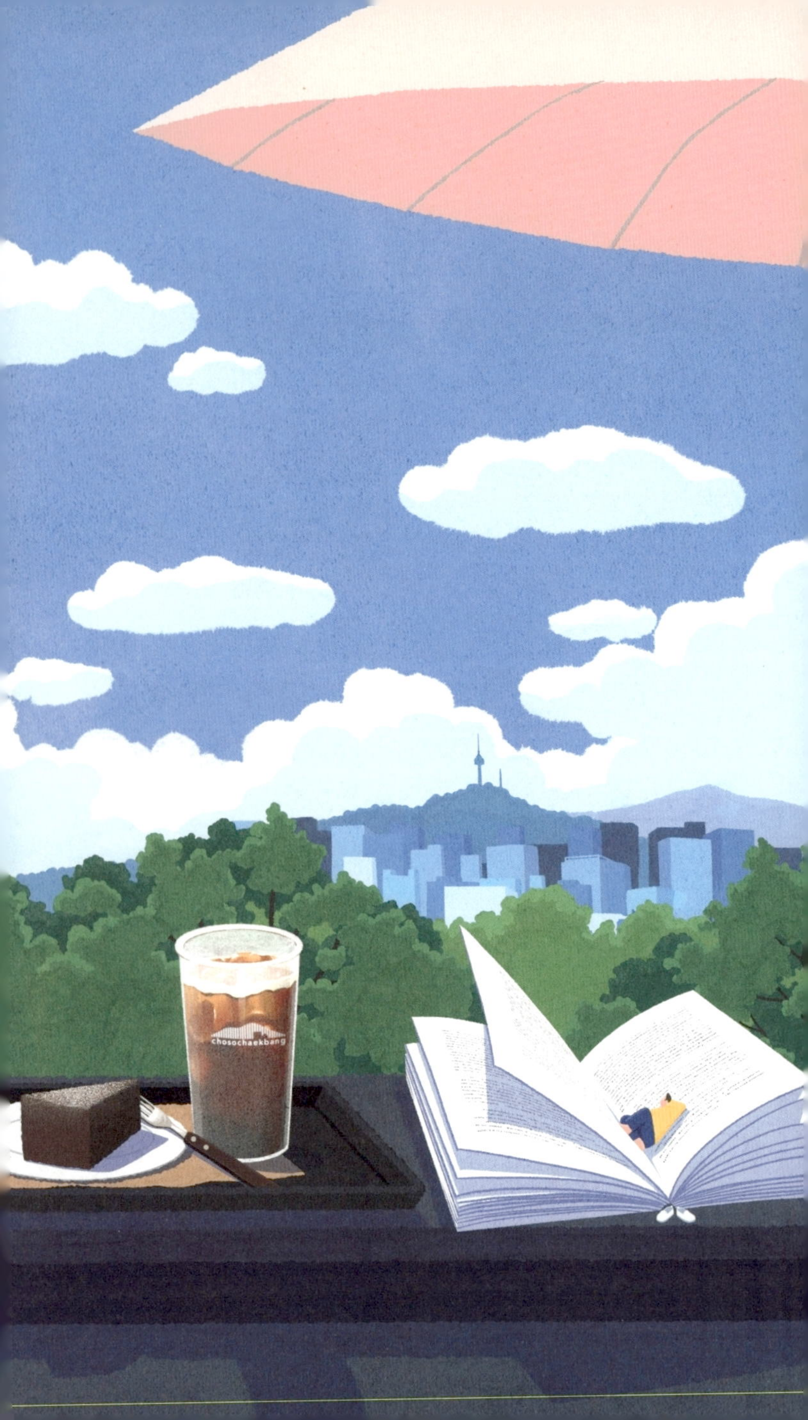

chosochaekbang

런 공간입니다.

1층 계단 뒤쪽에는 작지만 따뜻한 공간도 있어요. 어른도 좋아할 만한 그림책들이 있어서, 가족끼리 오기에도 참 좋겠다는 생각이 들더라고요. 자연 속에서, 아이와 함께 책을 읽고 이야기 나눌 수 있다면 정말 멋진 하루가 되겠죠?

이 책방은 책 종류가 엄청나게 많지는 않지만, 주제별로 잘 큐레이션 되어있습니다. 서울의 역사, 환경, 에세이, 독립출판물 같은 책들이 정갈하게 정리되어 있고, 추천 도서에는 귀여운 감상 메모도 붙어 있어요. 어떤 책을 골라야 할지 잘 모르겠다면 이 메모를 읽어보고 고르는 것도 좋습니다. 그리고 개인적으로 어쩌다 마주치는 멋진 순간이 있는데요. 제가 그림을 그린 책이 이곳에 놓여 있는 것을 볼 때예요. 그땐 꺅! 하고 내적 환호를 내지릅니다.


무엇보다 이 책방은 인왕산 등산로에 딱 맞닿아 있어요. 산을 좋아하는 저에겐 최고의 동선이에요. 두 시간 정도로 왕복할 수 있는 산행을 마치고 내려오다 보면 땀도 식힐 겸, 숨도 돌릴 겸 이곳에 꼭 들르게 되거든요.

시원한 커피 한 잔, 달콤한 빵과 쿠키로 몸을 달랜 다음, 마음이 끌리는 책이 있으면 자리에 앉아 찬찬히 읽어봐요. 그냥 그렇게 있는 것만으로도 하루가 꽤 멋지게 느껴집니다. 시간이 여유로운 날엔 이곳에서 온전히 하루를 보내는 것도 좋아요. 책을 읽다 창밖을 보고, 멍하니 앉았다가 다시 책으로 들어가는 식으로요. 조용히 흐르는 시간이 이렇게 좋을 수 있구나, 새삼 느끼게 됩니다.

그리고 가능하다면 저녁까지 머물러보세요. 어둠이 내려앉고, 도시의 불빛이 하나둘 켜지는 그 시간.《더숲 초소책방》 너머로 펼쳐지는 서울의 야경은 말로 설명하기 어려운 감동을 줍니다. 누구와 함께 있지 않아도, 아무 말 없이 바라보기만 해도 마음이 가득 채워져요. 다시 나로 살아갈 힘을 얻는 느낌이랄까요.


《더숲 초소책방》은 단지 책을 사고 커피를 마시는 곳이 아니에요. 잠시 멈추고, 숨을 고르고, 마음을 정화할 수 있는 공간이에요. 그림을 그리는 저에겐 그런 시간이 정말 소중하거든요. 기회가 된다면 꼭 한 번 가보세요. 언제든지 좋아요. 혼자라도 좋아요.

다녀오면, 분명히 알게 될 거예요.

왜 이곳을 죽기 전에 꼭 한 번 가봐야 하는지.

더숲 초소책방 가는 길

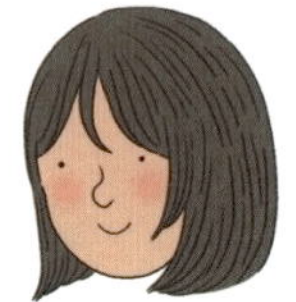

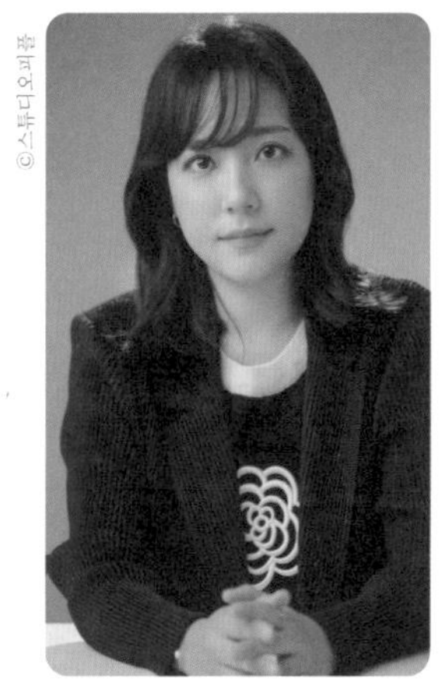


샌프란시스코 아카데미 오브 아트에서 일러스트레이션을 전공했고, 현재 팔로알토에서 거주하며 일러스트레이터로 활동 중이다. 책 표지, 잡지, 소비재, 기업 앱 등 다양한 곳에 들어가는 일러스트레이션을 그려왔고, 영국 파이돈 사에서 출간한 어린이 그림책《What's that Building?》의 그림 작가이다. 디테일이 풍성한 그림을 그리는 걸 좋아한다.

# 책이 선사하는 자유, 하늘을 나는 상상

샌프란시스코_시티라이츠

샌프란시스코는 내가 세상에서 가장 낭만적이라고 생각하는 도시다. 크리스마스 장식처럼 화려한 빅토리안 양식의 파스텔 톤 주택들과 웅장한 벽돌 건물들에 나는 늘 마음이 설렌다. 자욱한 안개 속 어렴풋이 드러나는 금문교, 종을 울리며 언덕을 오르는 케이블카, 싸늘한 바닷바람까지. 이 도시 곳곳에는 낭만과 쓸쓸함이 공존한다.

나는 이 도시에서 처음 일러스트레이션을 배웠다. 안정적인 커리어를 향해 한창 달려가야 할 30대 중반의 나이에 회사를 그만두고 예측 불가능한 길로 인생의 경로를 틀어 미대에 입학한 것이다. 학교 2년 차 수업 과제로 여자아이가 바다사자들과 함께 트램을 타고 언덕 위로 올라가는 그림을 제출한 적이 있다. 그 작업으로

상을 받았고, 일러스트레이터가 되는 고된 과정에서 나는 약간의 희망을 보게 되었다. 이후로 개인 작업을 할 때면 틈틈이 샌프란시스코 전경을 그렸다.

안개의 도시 샌프란시스코에서 내가 가장 좋아하는 장소 중 하나를 꼽자면 서점이다. 샌프란시스코 노스비치 언덕을 천천히 걸어 올라가다 보면, 오래된 간판 아래 조용히 자리한 《시티라이츠City Lights》 서점이 모습을 드러낸다. 1953년에 문을 연 이 서점은 단순한 책방을 넘어, 역사적 상징이기도 하다. 당시 비트 세대 작가들의 중심지였으며, 검열과 표현의 자유를 둘러싼 중요한 법적 투쟁의 무대이기도 했다. 그러한 정신을 이어받아 지금도 표현의 자유를 옹호하는 공간으로 작용하는 독립서점이자 출판사다.

붉은 등을 달고 온갖 잡다한 물건들을 파는 차이나타운의 활기를 느끼며 이 서점에 들어서면, 시간은 바깥 세상과 다른 속도로 흐른다. 벽에 걸린 혁명 포스터들, 수많은 사람이 앉아 책 속에 빠졌던 낡은 의자, 속삭임과 외침이 공존하는 공간. 구석진 자리 의자에 앉아 책

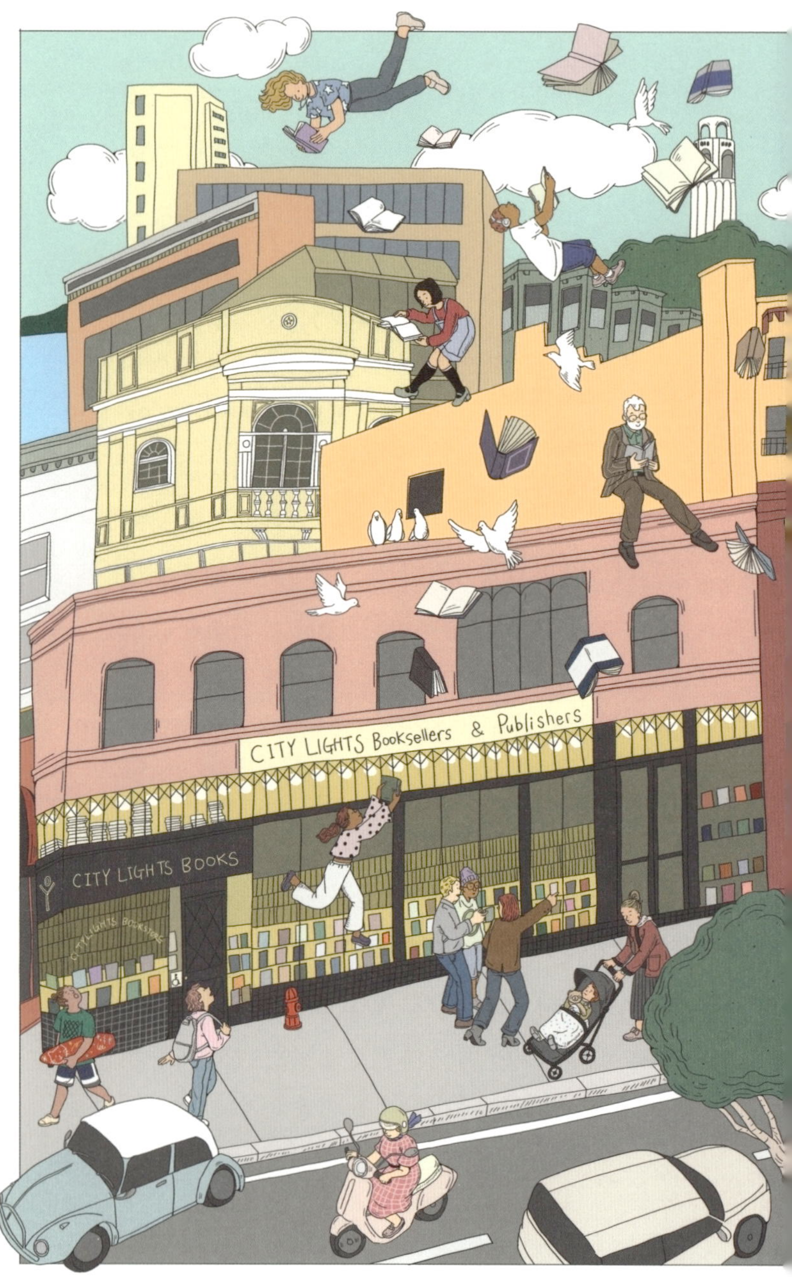

CITY LIGHTS Booksellers & Publishers
CITY LIGHTS BOOKS
CITY LIGHTS BOOKSTORE

을 펼쳤던 순간들조차 내게는 하나의 이야기처럼 느껴졌다.

낡은 마루가 깔린 이 서점은 구조가 복잡해 걷다 보면 금세 길을 잃는다. 지하에는 문학 분야 책들, 1층에는 철학과 역사 관련 서적, 그리고 2층에는 비트 문학과 시집 전문 섹션이 자리 잡고 있다. 특히 2층에는 세계에서 가장 큰 시 컬렉션 중 하나가 있어 서가마다 고요한 에너지가 흐른다. 그 공간을 처음 마주했을 때의 감정, 잊힌 시 구절들 사이에서 나를 발견하게 해주는 장면을 그림으로 담아보고 싶었다. 책이 선사하는 자유, 하늘을 나는 상상, 그런 것들을 말이다. 이곳이 표현의 자유를 옹호하는 장소라면, 책은 우리를 자유롭게 한다.

이 그림에서 나는 책에 푹 빠져 둥둥 떠오르는 사람들에 관해 이야기하고 싶었다. 서점 앞에 설치된 공공 예술 작품에서 영감을 받았다.《시티라이츠》근처 잭 케루악 골목을 지나다 보면, 하늘을 날아오르는 책들을 만날 수 있다.《새들의 언어(Language of the Birds)》라는 이름의 작품이다. 이 조형물은 스물세 권의 투명한

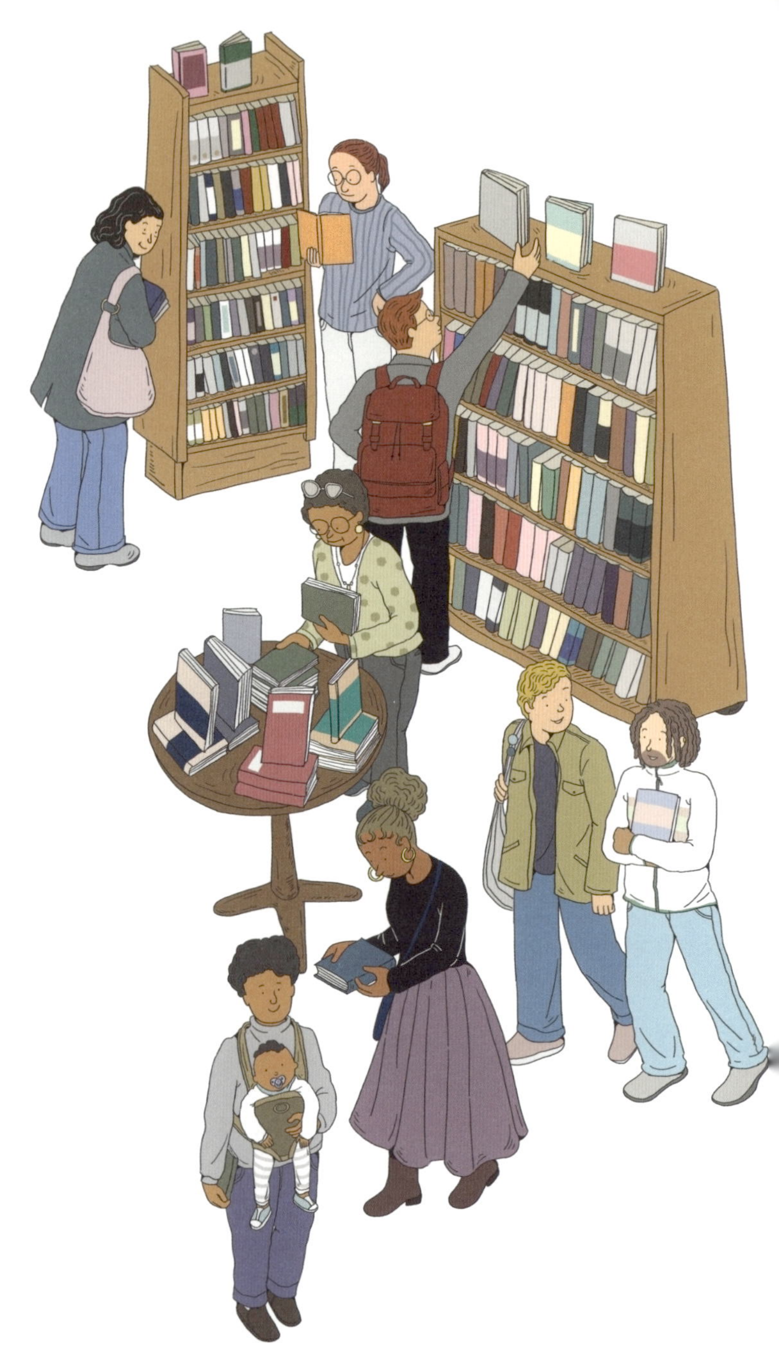

책이 비둘기 떼처럼 날아오르는 순간을 포착하고 있다. 마치 누군가가 골목에 들어서자 책들이 놀라 날아오른 것처럼 책장이 날개가 되어 공중에 떠 있다. 밤이면 책 속에 심어진 LED 조명이 빛을 내며 공중에 패턴을 만들고, 그 빛은 차가운 도시의 네온사인들과 어우러져 묘한 생명감을 만들어낸다. 이 빛이 《시티라이츠》 지붕에 설치된 태양광 패널에서 공급된다는 점도 인상적이다.

나는 이 LED 책들을 볼 때마다 책을 읽고 있는 사람들을 상상했다. 책을 통해 마음의 짐을 내려놓고, 표현과 생각의 자유를 만끽하는 사람들. 내 그림 속에서 이들은 평온한 표정으로 하늘 높이 떠오른다.


《시티라이츠》가 있는 작은 동네 노스비치는 샌프란시스코의 많은 매력을 담고 있다. 뜬금없는 이야기지만 나는 이 서점 근처의 오스만투스 딤섬 라운지라는 딤섬 집을 좋아한다. 붉은 등으로 즐비한 차이나타운이 근처에 있으니, 따뜻한 중국차와 딤섬으로 배를 채우고 서점으로 걸어가는 길에 LP 상점도 들러보면 잔잔하지만 나름 즐거운 오후를 보낼 수 있을 것이다.

이 책을 읽는 독자 중 호기심이 생긴다면, 안개의 도
시 샌프란시스코에 한 번 방문하여 노스비치 언덕을 올
라 《시티라이츠》를 방문해보길 권한다.

시티라이츠 가는 길

폴앤니나 산문집

# 서점을 그리다

ⓒ기름서 고래하 소금이 노리다락 욘욘 곤 나예 버드얀 도담 감밤
치유 땡란 진킴 차현 야온 임림 무니 이민경 포노멀 조세린조


초판 1쇄 발행　　2025년 10월 13일

지은이　　　기름서 고래하 소금이 노리다락 욘욘 곤 나예 버드얀 도담 감밤
　　　　　　치유 땡란 진킴 차현 야온 임림 무니 이민경 포노멀 조세린조
펴낸이　　　김서령
책임편집　　이진
편집　　　　오윤지
디자인　　　이시호
제작　　　　최지환
제작처　　　영신사

펴낸곳　　　폴앤니나
출판등록　　2018년 3월 14일 제2018-09호
주소　　　　06628 서울시 서초구 강남대로 305 서초현대렉시온 6층
전화　　　　070-7782-8078
팩스　　　　031-624-8078
대표메일　　titatita74@naver.com
인스타그램　@titatita74

ISBN　　　　979-11-94853-28-2　03810